ヘッセ

人生の言葉

HERMANN HESSE:
WORTE DES LEBENS

エッセンシャル版

ヘルマン・ヘッセ　白取 春彦 編訳

Discover
ディスカヴァー

はじめに――苛烈な反権威主義者ヘッセ

ヘルマン・ヘッセという詩人の名は広く知られている。日本においては、ヘッセはスイスの自然を謳う純粋で牧歌的な詩を書く人と見られていることが多い。このイメージは、ヘッセのほんのいくつかの詩と水彩画を眺めただけの人の吹聴が広がったものだろう。

そういったことに加えて、ヘッセの晩年の肖像写真の枯れた老人風の印象が後押ししていると思われる。ヘルマン・ヘッセの書いた小説では『車輪の下』があまりにも有名なのは教科書などに一部が掲載されていたせいもあるだろう。さらに日本ではヘッセの初期の小説ばかり読まれている傾向がある。そういうことからヘッセを甘酸っぱい青春小説などを書く作家と思っている人も少なくない。

しかし、現実のヘルマン・ヘッセは牧歌的でも甘美でもないし、穏健でもない。詩人であり、世を避けて隠棲したこともあるが、決して害のないおとなしい人間というわけではなかった。後期の作品である『デーミアン』『荒野の狼』『ガラス玉演戯』などを読んでみれば明らかなように、彼は反権威主義者であり、妥協を赦さない苛烈で強い精神と、現実を自己を通しながら生き抜く力を持った人であった。

彼は1877年、南ドイツの小さな町カルフに生まれた。この頃、イギリスは華やかなヴィクトリア王朝時代であり、ロシアではトルストイが小説『アンナ＝カレーニナ』を書き終えていた。出血性白血病を患っていたヘッセが亡くなったのは85歳になった1962年、南スイスのモンタニョーラの地であった。この年にはいわゆるキューバ危機でアメリカとソヴィエト連邦が一触即発の危機にあった。

子供時代のヘッセについての母マリーの手紙にはこう書かれている。

「ヘルマンはあらゆるものに対して才能を有するように見える。彼は月や雲を観察する。長い間オルガンで即興的に演奏する。鉛筆かペンでじつに驚くべき絵画を画く。気の向く時には本格的な歌い方をする。そして詩の才能にも欠けてはいない」

（『ヘッセ』井手賁夫）

これは親の贔屓目ではない。ヘルマン・ヘッセは確かに多くの才能を宿していた。そして、のちにその才能をじっくりと開花させたのである。

少年時代のヘルマン・ヘッセは、誰もがそうであるように多感で繊細であったが、教師たちの眼からすればやっかいな生徒だった。もっとも、19世紀末の学校の教師はひどく権威主義的であり、無理解や強制や体罰などはあたりまえのことだった。

本書にも一部分を採録しているが、才能を芽生えさせているがゆえに生意気だったり、鋳型にはめることの難しい生徒を当時の教師たちは嫌悪していた。それは、教師たちの洞察のなさ、度量の狭さ、小市民性から来たものではあるが。

ヘッセは12歳で「詩人以外の何者にもなりたくなかった」が、詩を書くだけで生活などできないことは知っていた。もっとも費用がかからずに学問ができる場所として神学校があり、その受験のためにラテン語学校に入り、州試験に合格したのでマウルブロンの神学校に入学した。

「私が敬虔であったのは十三歳頃までだった。十四歳で堅信礼を受けた時には、既にかなり懐疑的で、それから間もなく私の思考と空想は全く世俗的になった。そして、両親への愛と尊敬は大きかったにもかかわらず、両親が生きていた敬虔主義的な信心の流儀に、何か不十分なもの、どことなく卑屈なもの、さらには趣味の悪さすら感じ、青年時代の初めにはしばしば激しくそれに反抗した」(ヘッセ「自伝の覚え書き」日本ヘルマン・ヘッセ友の会・研究会編・訳 以下同)

このマウルブロンの神学校でのことをのちに描いたのが『車輪の下』である。ヘッセはここの修道院を脱走し、夜は8度の寒さの中を野外で過ごした。やがて放校となったが、その頃に7歳年長の女性への初恋と失恋を経験したあげく、自殺未遂をして重い神経症をわずらい精神病院に入院した。

のちの1915年に刊行された詩集『孤独者の音楽』の中に収められた次の詩はヘッセの手痛い失恋の気持ちをみごとに表現している。

「美しい人」(高橋健二訳)

おもちゃをもらって
それをながめ、抱きしめ、やがてこわしてしまい、
あすはもうそれをくれた人を忘れている子どものように、
あなたは、私のあげた私の心を

きれいなおもちゃのように小さい手の中でもてあそび、
私の心が悩みけいれんするのを目にとめない。

翌年にギムナジウム（上級高校）に転入したが、不良や上級生とつきあい始め、過度の飲酒と遊びを覚えた。やがて1年もたたずに退学し、書店員として働いた。その頃にゲーテを始めとする国内外の多くの古典を読み漁った。17歳のときには機械工場に勤めたが1年で辞め、書店の見習い店員となる。20歳前後からはゲーテよりもニーチェを熱心に読むようになった。

この頃から詩や散文を本格的に書き始め、22歳で最初の詩集を出版した。独り旅を好み、書店勤めと詩作の日々が続いたが、26歳のときに長編小説『ペーター・カーメンツィント』の出版で成功してから作家以外の職業には就かなかった。

27歳で最初の結婚をして子供をもうけ、『車輪の下』は29歳のときの出版である。その1年前、日本では夏目漱石が『吾輩は猫である』を書いている。ベストセラーとなった『デーミアン』は40歳のときの作品、50歳のときに多彩で自由な書き方が印象に残る『荒野の狼』を出版し、66歳のときには型破りな最後の長編小説『ガラス玉演戯』を刊行した。ノーベル文学賞を受賞したのは69歳のときだった。

ヘルマン・ヘッセを、順風満帆な作家生活を送った人だと言うわけにはいかない。彼は数多くの困難を甘んじて受け入れ、しかし負けることなく、自分なりに戦い抜いた人だった。

1914年に第一次世界大戦が始まってからはドイツ人捕虜のための慰問新聞や図書の刊行と発送という煩雑な仕事を引き受けたのだが、当時のあまりに極端な愛国主義に根ざした世論に反対する考えを発表するやいなや、ドイツ全土の新聞とマスコミから売国奴として叩かれ、かつ干されたのである。

印税と原稿料を生活の資としていたヘッセにとってこの一方的な処置は生活を物理的におびやかすものだった。彼は苦悩しながらも耐えたが、末子が重病になり、妻の精神病が悪化した。ついでヘッセも精神科医の治療を受けるほどになった。ヘッセは「自伝の覚え書き」にこう書いている。

「この年月の間に、すべての市民生活からの、世論からの、祖国からの、家庭生活からの決別の準備が行われた。戦争がまさに終わろうとしていたとき、妻の精神病が結婚生活をひどく揺るがしたので、結婚を解消した」

ヘッセは精神分析を受け、その成果として『デーミアン』を短期間で書いたのだが、匿名で発表しなければならなかった。「自伝の覚え書き」にはこうも記している。

「成功した、市民的で牧歌的な文学者は、問題を抱えたアウトサイダーとなった」

46歳のときにスイス国籍を取得し、翌年には二回りも若い女性と結婚した。ヘッセの名声にのみ魅惑されていたこの女性との結婚はうまくいかず、3年後には離婚となった。三度目の結婚は54歳のときだった。

この頃からドイツにはナチスが台頭してきて、1934年にはヒットラー首相が総統を兼任するようになった。そしてヘッセが62歳になったときには、ナチス政権はヘッセの作品を望ましくないものとして、出版のための用紙の配給を停止した。このため、彼の作品はドイツではなくスイスで刊行されるようになった。

当時のヘッセの手紙や日記を読むと、いかにつましい生活をしていたかがよくわかる。それでもなお彼は自分の考えを曲げたり、おもねったりすることはなかったのである。そこまでヘッセを強くしていたのは、ヴェーダ、ブッダ、イエス・キリスト、ゲーテ、ショウペンハウアー、ニーチェから醸成されてきたヘッセなりの思想と確信である。

ヘッセのニーチェ好きは小説『デーミアン』にも次のように表現されている。

「机の上には、数巻のニーチェがおいてあった。ニーチェとともに生活しながら、ぼくはかれのたましいの孤独を感じ、かれをとめどがたく駆りたてた運命をかぎつけ、かれとともに悩んだ。そして、これほどがんこにおのれの道を歩いた人がすでにあったということをうれしく思った」

（吉田正己訳）

また、ヘッセはニーチェにちなんで「ツァラトゥストラの再来」という小論をも発表している。これは若者たちを励ます文章となっている。

ヘッセの中で醸成した思想をこの短い紙幅でわかりやすく説明するのは難しい。だから、その要点を舌たらずながら次にまとめておくことしかできない。

人は運命を受け入れるしかない。しかし、その運命とは自分の性格や才能や生き方が生み出すものである。そういう意味で、誰もが自分自身を生きるしかない。自分自身を生きることこそ貴重なことであり、この世に生を受けた意味である。

運命を受け入れずに生きることもできる。いわゆる市民はそうして生きている。これはなまぬるい安全な生き方ではあるが、善も聖も理解できない状態になる。もちろん、芸術作品もその価値を値段や名声でのみしか把握できなくなる。

こういう思想からもわかるように、ヘルマン・ヘッセは今なおわたしたちを挑発してやまない人なのである。

＊本書は２０１５年７月に刊行された『超訳　ヘッセの言葉』より１９６の言葉を厳選し、文庫エッセンシャル版として再編集いたしました。

CONTENTS

Ⅱ　悩みも悲しみも喜べ

III わがままに生きよ

IV

人は喜びがなければ生きていけない

V
この世界に愛を増やそう

VI 考えるのをやめてみよう

VII いつでもどこでも幸福になれる

I

自分自身の道を歩め

自分自身の道を歩め

いったい、どこを歩いてるんだ。そこは他の人の道じゃないか。だから、
なんだか歩きにくいだろう。
あなたはあなたの道を歩いていきなさい。そうすれば遠くまで行ける。

『デーミアン』

002

自分で自分を認めよう

自分が人生でなしたこと、築きあげたこと、行なったことを、誰か立派な人から認めてもらいたいと思う気持ちを棄てなさい。

また、世間の基準に照らし合わせて点数をつけるようなこともやめなさい。

自分でなしたことについては、自分の個人的な尺度で測りなさい。いつもそうしていれば、人真似ではない自分自身の本当の人生が生きられるようになるから。

書簡1949

—

003

今の自分が本当の自分だ

きみは不安なのかい。
不安なら、今のこの自分こそ本当の自分だと認めていない証拠だね。
いつも本当の自分自身でいるならば、不安など芽生えてきはしない。だから、本当の自分と今の自分が一致できるように生きていけばいいのさ。

『デーミアン』

004

別の人間になろうとするな

憧れている人のようになりたいという気持ちはよくわかる。多くの人がそうなのだ。今の自分からまったく別の人間になりたいと思い、また実際にそうなろうとしてもがき、さまざまな失敗や落胆をくり返しているのはあなただけではないのです。

けれども、よく考えてごらんなさい。誰かのようになりたいというあなたは今の自分自身を否定しているのですよ。だから、そんなに苦しい思いをするのではないですか。

ですから、あなたにふさわしいものを求めなさい。あなたが心の底から望むものに気づき、あなたのその心と体を使って、それを実現するよう努めなさい。それが本当の自分を知ることになります。そして自分への道を歩くことです。

書簡1949

005

本当の自分自身になるために 1

あなたが独自の個性を持った人間になること、すなわち、本当の自分自身になりたいのならば、絶対に染まってはならないことが三つあります。

まずは、世間の因習です。これに染まってしまうと、あなたはどこにでもいて死んでいても生きていてもわからないようなただの大衆になってしまいます。

二つ目は、小市民性です。権利と義務をことさら主張したり、法に触れてさえいなければ多くの行動は許されていると考えたり、自分のつごうのいいときだけ公平や平等を訴えて生きるならば、狡猾《こうかつ》で抜け目のない人間になってしまうだけです。

そして三つ目はいかなる意味でも怠けることです。

書簡1923

006

本当の自分自身になるために 2

あなたが本当の自分自身になるためにすべきことと、してはならないことがあります。まずは、あなたの個性が持つ最良のものと最強のものを断固として認め、決して否定したり、ゆずったりしないことです。

そして、何があろうとも逃避しないこと。向かってくる現実をできる限り回避するようなことは決してしないこと。また、ふだんから心配しすぎないことです。

これらのことをくり返して自分の習い性としてしまえば、あなたは悠々として本当の自分自身を形成していくことができます。

書簡1953

007

自己成長の大敵

自我を覚醒させる必要があります。

といっても、この場合の自我とは、一般にいうところのエゴではありません。本当の自分への脱皮、この身体と心を持った自分がかけがえのない個性を獲得していくことが自我の覚醒なのです。

ところが、この自己成長をやんわりととどまらせ、結局はどこにでもいるような個性のない人間にしてしまう力を持った大敵がすぐそこににこやかな顔をしてひそんでいます。それは、伝統と習慣、怠け癖、日和見的な小市民性というものです。

書簡1923

008

誰にもいっさい従うな

どう生きたらいいのかと若者が真剣に問うならば私は答える。世間の人々の顔色をうかがうな。政治家の言葉に耳を貸すな。名前ではなく肩書を示しながら何かたいそうな者のふりをしている大人から影響を受けるな。成功者だのミリオネアだのになることを目標にして何かを教えようとする者を無視せよ。正義をふりかざす集団や団体に取り込まれるな。自分たちのように生きれば必ず救われると説く宗教にだまされるな。お金で動くな。

誰にもいっさい従うな。けれども、自分の中から出てくる声には従え。その声が何を語りかけてくるかよく知っているというのなら、そのまま自分の道を歩めばいい。

その声が聞こえないというのなら、きみは自分の道を歩いていないという証拠だ。

「ツァラトゥストラの再来」

009

自分の運命を丸ごと愛そう

この自分自身を愛することは自分を甘やかすことではない。

自分を愛するということは、この自分をそっくり丸ごと愛することであり、当然のことながらそれは自分の運命をも愛することだ。

運命がわたしたちのために持ってくるものをも愛さなければならない。たとえ、それが今は意味のわからないものであろうとも、どうしても理解できないものであろうとも、拒むことなく、遠ざけることなく、後回しにすることなく、みずから喜んで受け入れ、ほほ笑みを浮かべながら愛することだ。

「愛の道」1918

自分自身の道を歩め

010

世界を変えるのは自分を変えることから

世界を変えたいという気持ちはよくわかる。変革が起きればいいのにという熱い望みもわかる。しかし本気で世界を変えようという強い意志を持ち、人々に訴えかけ、デモ行進をし、あるいは集団行動や反対行動をするならば、その道の行く先は暴力と戦争なのだよ。

きみの目に映る世界を変えたいならば、きみ自身を変えなきゃならない。自分の損得をそっと勘定して物事を決めたり、ついせっかちになって腹を立てたり、他人を道具のように利用するやり方をやめ、自分が損をするようなことにいらだつ性格を変えなければならない。

そういうふうに自分を変えていくことが暴力なしに世界を変える手立てなのだよ。

書簡1934

自分の運命にそむいてはいけない

自分の内心と性向に合致した運命になっているならば、その運命にそむいてはいけない。

『デーミアン』

自分の中の荒野を渡り切れ

自分の中に広がっている荒野をよく見つめるがいい。

そこにあるのは世界中のあらゆる戦争、他人を皆殺しにしたいという欲、とめどのない軽佻《けいちょう》浮薄《ふはく》、けだもののような荒々しさ、終わりのない享楽に溺れようとする欲、そして、卑しさと怯え……。

誰もがその荒野の道を独りで渡っていかねばならない。そして、渡り切らねばならないのだ。


「短い略歴」

—

013

蟬の声にひたって自分を忘れる

夏の音。深夜まで尽きることなく続く蟬の声。あれは海と似ている。その音にひたっていると、自分の存在をすっかり忘れてしまう。

「大理石材工場」

014

他人に対しては寛容に、自分に対しては不寛容であれ

他人に対しては不寛容であるべきではない。しかし、自分自身に対しては不寛容であるべきだ。

書簡1919

015

最大の敵を愛せ

あなたの最大の敵は誰でしょうか。その敵は、あなたと反対のことをしていますが、その勇敢さ、大胆さ、行ないがまさしくあなたとそっくりです。

そんなあなたの敵を愛しなさい。高く評価しなさい。

書簡1932

016

昨日よりもよい自分をめざせ

わたしたちのこの手に包まれている一つの希望とは何か。自分自身を今日いくらかでも変えることだ。昨日までよりも善く変えていくことだ。本当にそのことを実践する人々にこそ、世界の幸福はかかっている。

書簡1950

集団の理想と自分の良心を取りかえるな

どうかくれぐれも、あなた自身の良心を集団や組織の価値観や理想と取りかえたりしないようにしてください。

肩書が立派で偉そうにしながら大衆を煽動する人がどんなにすばらしい言葉を使って感動的に演説していてもです。

そんなものとあなたの良心を取りかえたとたん、容易に全体主義への道が開け、その先には血まみれの戦争が待っているからです。

書簡1951

018

自分自身になることが真の快感だ

なぜ、きみは酔いたがるのか。なぜ、きみは今夜もまた興奮を探し求め歩くのか。

理由ははっきりしている。きみはきみ自身と一体になりたいと願っているからだ。その快感が欲しいのだ。

だったら、酒だの音楽だのダンスなんかに夢中になっても仕方がない。なぜなら、そんなものはきみをいっときしか酔わせてくれないからね。

そうではなく、自分自身にしかできないもの、自分がこれだとはっきり言えるようなことをしなさい。

すると、きみはいつも自分自身でいられる。

『クラインとヴァーグナー』

019

世間の声など気にするな

自分の特徴と才能を存分に活かして生きたいのならば、自分の内側からおのずと出てくる声にしたがうべきだ。

世間の声などまるで気にしなくていい。親の意見も、先生方の指導もいらない。

ダチョウが蝙蝠《こうもり》の真似をして飛ぼうとしないように、それぞれを比較したり競争したりする必要などさらさらない。

もちろん、独自の道を行くきみを見て周囲の嫉妬深い人々はあれやこれや言ってくるだろうが、そんなのはまったく気にしなくていい。彼らときみは全然ちがう世界に生きる別種の人間なのだから。

『デーミアン』

自分の価値観を信じよう

自分の直感と感情をたいせつにしなさい。それから、自分の理性も信じなさい。もちろん友愛もたいせつだし、芸術を観る自分の眼、自分が抱いている理想もたいせつにしなさい。

くれぐれも世間の価値観に惑わされないように。多くの人の考えとちがっていても不安になることはありません。あなたはあなたの道を独りで往かなければならないのです。

それに、世間なんていつもふらふら揺れてばかりいます。世間の人々はそういうふうにすぐさま向きを変え続ける風見鶏のようなものなのです。そんなものは気にせずに、あなたの審美眼、あなたの価値観、あなたの愛で、あなた独自の世界を広げていきなさい。

書簡1959

本当の自分自身の姿を見るために

たいていの人は毎日を忙しく駆けずりまわっていますが、その用事のほぼすべてが誰か、あるいは何か組織からの命令や義務をはたして、あらかじめ設定された意図のために働くことなのです。要するに、何かの道具の一つとして立ち動いているだけです。

そんな人がたとえば自由にダンスをするとき、そういった日々の用事や社会的義務や束縛からまったく解き放たれます。

すると、本来のその人自身がようやく外に表れてくるのです。それが、道具ではない本当の自分自身の姿なのです。

『クラインとヴァーグナー』

自分の中にある神秘的な力

自分の中にある神秘的な力、つまり、この世を生きることを自分に命じ、独自な成長をうながすような力の動きを如実に感じている人は、世間に蔓延する価値観、すなわちお金や権力こそが尊いという価値観に決して惑わされることはありません。そんなものは、自分の中の力に比べれば、ふわふわとした頼りないものにしか感じられないからなのです。

「わがまま」

023

あなたには独創的な生き方をする力がある

非凡な人生、独創的な生き方をするのがあなたの内心から生まれたものならば、やがてあなたはその道を発見できるはずです。というのも、その力を持っているからです。

しかしながら、その力はあなたの体力や意志の力とは異なるものです。それは、まさしく内から湧き出る神秘的なエネルギーのようなものです。

書簡1930

心の中に避難所を持て

自分の心の奥深くに、誰もそこへ足を踏み入れることのできない静かな山小屋のような場所を用意しておきなさい。

そして、何か困ったことが起きたとき、決断をしなければいけないとき、自分の道を確かめなければならないとき、そこへと戻って本当の自分自身の心とゆっくりと言葉を交わしなさい。

そこはきみだけの秘密の避難所であり、きみが再び生まれ変わるたいせつな場所だ。

『シッダールタ』

自分自身の道を歩め

—

025

世の中がどう動こうが、いつも自分自身であれ

太い幹を持った樹のようでありなさい。あるいはあの毅然とした山のようでありなさい。

あるいはまた、孤高の野獣のようでありなさい。

ときには、高みで瞬く星のようでいなさい。

世の中がどう動こうが、いつも自分自身である人でいなさい。

『クラインとヴァーグナー』

自分自身の道を歩め

026

この世界にまだ恋している

私も同じだ。おまえと同じように幾度も、幾度も斧で刈られた。世間の人から責められ、悩まされた。

それでもなお、オークの樹よ、おまえと同じようにあきらめることなく新芽を生えさせた。こんなに苦しみながらも、この世界にまだ恋しているからだ。

詩「伐られたオークの樹」

救いは自分自身に求めよ

救いを誰かに求めてどうする。自分の行く末を誰かにゆだねてどうする。自分を救うことができるのは、他ならぬ自分自身ではないか。自分を癒すのも、助けるのも、この窮地から脱していく力があるのも自分自身だ。自分の魂を動かすのは自分自身なのだ。

まず、それをしなさい。自分のことをごまかすために世の中の成り行きや人づきあいにかまけている暇なんかないはずだ。

「魂について」

028

自分をちゃんと愛しなさい

自分なんかどうでもいいと思ってはいけない。自分を侮蔑《ぶべつ》しなければならないような行ないをしてはいけない。

そうではなく、自分をちゃんと愛しなさい。自分自身を愛せれば、自分の内面がすべてちょうどよく調和する。

そうして魂が整ったとき、他人をも愛することができるようになるし、不幸が消滅して幸福が沁みわたるようにもなるのだから。

「マァルティンの日記から」

029

孤独になれ

孤独になりなさい。

街のきらめきから離れて独りになりなさい。笑い声や賑《にぎ》やかさや甘い誘惑から遠く離れて、あなた自身になりなさい。親からも遠く離れなさい。

今はわからないかもしれないが言っておこう。孤独は淋しいものではない。

なぜならば、きみが本当に孤独になったとき、きみは自分の運命の輝かしい顔を初めて見ることになるからだ。

すなわち、きみ自身にしかできないことをようやく発見することができるだろう。そのとき、きみはきみ自身を知る。それこそが、本物の大人になることなのだ。

「孤独について」

献身のための利己主義

利己主義には二つある。

一つは、いつもその場で自分だけが得をしたいという考えと行ないの利己主義だ。多くの人がこの利己主義を隠しながらも小出しにして世間を渡ろうとしている。

もう一つの利己主義は、自分の才能と力を誰にも邪魔されることなく育て、ついには個性を覚醒させた自分の能力をフルに使って世界と多くの人々に献身しようという態度だ。

この利己主義の道はひどく険しい。だが、この道をよじ登ろうとする若者たちがいる。

書簡1922

自分自身の道を歩め

031

何もかも肯定せよ

何もかも肯定してみなさい。すべてについて、これでいいのだと確信してみなさい。

そのときには、自分自身をも肯定するのが肝心です。あなたは自信がなく、自分はどこかおかしいと疑っていますが、この風変わりなのが自分の本来の姿なのだと肯定すればいいのです。

もし、そういうふうに肯定せずに、世間のまっとうに見える人たちと交わり、彼らの真似をしたところで長続きはしないでしょう。あるいは、もっと不安になるでしょう。

やはり、あなたは自分で切り開いた道を行かなければならないのです。もちろん、その場合も労苦と熱意と孤独がつきまといます。しかし、それはあなただけの道です。あなたが生きる道なのです。

書簡1932

II

悩みも悲しみも喜べ

—

032

悩みも悲しみも喜べ

悩んでいるね。悲しいことが多いね。胸が痛いこともしばしばだね。

でも、喜びなさい。でも喜びは、誰かが突然どこからか嬉しいことを持ってくるときに湧いてくるものじゃないよ。

喜びは、今の自分を否定せず、今の自分をそのまま素直に認めることから生まれてくるのだよ。だから、悩んでいても、悲しんでいても、そのことに自分が同意すれば自然に湧いてくるものなのだよ。

書簡1922

心の平安は日々戦いとれ

自分の生活や仕事についてもうこれで安泰だ、ということはありえない。心の平安についても同じだ。もうこれで自分の心は平安のままに安らぐ、ということはありえない。心一つを平安にするためにも、それはいちいち戦いとられなければならない。

しかも、その戦いは日々続くのである。

『ナルツィスとゴルトムント』

―

034

苦しさを見据える強い心を持て

いっそ自分には心なんかないほうがいいのだと思えるほど苦しいのはよくわかる。しかしね、心をなくすことはかなわぬ註文というものだろう。

その代わり、とってもいい方法があるのさ。苦しさについ目をつむってしまうようなその弱い心をだね、どんな苦しさをもまじまじと見据えてやれるようなどっしりとした心に変えてしまうのだよ。

『ゲルトルート』

035

あなたの悩みはあなただけが体験できる、尊い価値のある悩みなのだ

誰もがそれぞれの問題を抱えています。あなた自身も問題を抱え、悩み、どうしてもその問題をすっきりと解決してしまいたいとお考えでしょう。あるいはまた、そんな問題を抱えている自分自身を嫌っているでしょうか。それとも、自分がこの大事な時期にこんな問題を抱えることは理不尽であり、自分にふさわしいことではないと思っているのでしょうか。

けれども、その苦悩はあなた自身が体験するために存在しているのです。そのことであなたが悩むことがあなたの人生であり、その苦悩の体験があなたの人生に尊い価値と輝きを与えているのです。ですから、逃げようとしないでください。逃げたら、人生はうつろになり、あなたが生きる甲斐《かい》のないものとなってしまいます。

書簡1924

036

心の中にない現実は見えない

今、この目に見えているもの、今のこの現実、それは自分が心の中に持っているものとまったく同じだ。

すでに心の中に持っていない現実というものは存在しえない。

『デーミアン』

心の中の世界を解放せよ

自分が思うことと、外の世界のことはまったく別だと思っているのだろうね。

しかし、そうではないんだ。外の世界が自分の思いとはちがうように見えるのは、きみの心の中にある世界をきみがずっと封じこめているからなんだよ。

自分の心にある世界をきみが解放してやりさえすれば、きみの心の世界と現実世界がまったく同じだとわかるはずだ。

『デーミアン』

038

価値判断は妄想だ

多くの人は、善悪、そして価値と無価値が実在するものだと思っている。それればかりか、彼らにとって、欲望や逃避も現実に存在するものになっている。

彼らは、そういったものが自分の心の中にだけあるもの、みずから作りあげた妄想だということにいまだ気づかず、一喜一憂したり怯《おび》えたりする毎日を送っている。

『クラインとヴァーグナー』

039

悲しみは執着から起こる

あなたのその悲しみは、もしや、過ぎ去ったことの損失にまだぐずぐずと執着していることから来ているのではないでしょうか。

書簡1916

040

悲しみが人を成長させる

胸に一抹《いちまつ》の悲しみを抱える者よ。

詩を読みなさい。格言を読みなさい。美しい音楽を聴き、今を忘れさせる景色を遠く眺めなさい。過去のすてきだった瞬間を思い出しなさい。

やがて、時間が明るくなる。人生はいいものだと思い始める。将来に向かうことが嬉しくなる。きみが本当の自分に、思い描いていた大きな自分に変身するときが来る。


「内面の富」

自分が一番苦しいと感じるのはエゴだ

ほとんどの人が、自分が受けた痛みこそもっともひどい痛みだと感じる。ちょっとしたいきちがいや手順のまちがいがあっただけで、世間から拒絶されたように感じてふさいでしまう。

自分に降りかかってきた災厄や病気や事故を世界でもっとも酷なものだと感じるのは、自分を中心に物事を考え価値づけているからだ。だから、他人が蒙《こうむ》る災厄を「それくらいのことでおおげさに……」と軽視し、本当にそのように感じるのだ。

『荒野の狼』

不安が行動力を与えてくれる

人は不安を抱えている。
不安ゆえに働き、心を配り、誰かを愛そうとする。
不安がわたしたちに、行動の力を与えている。

『クリングゾル最後の夏』

気分を晴れやかにする薬

どうにも晴れない鬱々《うつうつ》とした気分に効く薬がある。それは次のようなものだ。

歌うこと。神の存在、あるいは大いなる存在が隠れていることを認めること。少しばかりのワインを飲み、音楽を聴くこと。喜びの詩を書くこと。

歩いて遠くまで出かけてみること。

「曇天」

感情を吐き出しているだけじゃないか

きみはさっきからいろいろと話しているね。

そして、きみが話していることをきみ自身は個人的な考えだとか、有効な提案だとか、解決方法だとか、あるいは一つの思想のようなものだとずっと思いこんでいる。

しかしね、きみはさっきからずっと自分の感情を吐露しているだけなんだ。いろいろな言葉を使って今の感情や気持ちを吐き出しているだけなんだよ。


『ナルツィスとゴルトムント』

欲しがるのをやめると求めるものが見つかる

そんなに激しく求めるほど、おまえはそれを見出すことができないだろう。もし、運のいたずらで偶然にそれに触れることがあったとしても、おまえはそれをまったくちがうものだと思ってすぐに手放してしまうだろう。

求めるものを容易に見出す人は、激しく欲しがる人ではない。少しも激しくなく、柔らかい笑みを浮かべ、自分を誰に対しても何に対しても開いている人だ。

そして、こうでなければならないといった信条など持たずに自由に生き、何事に対してもこれっぽっちのこだわりも持たない人なのだ。

『シッダールタ』

願いは必ず現実になる

自分で願ったくせに、ちょっとたってから不安になるようではだめです。
願った以上はそれをかなえたいのでしょう。でしたら、確信を持ちなさい。
自分が願ったものは必ず手に入れられるという傲岸不遜《ごうがんふそん》なほどの確信を。
そうしさえすれば、願いはやがてあなたの現実となりますから。

『デーミアン』

047

性格や個性は自分を閉じ込める牢獄だ

あなたは自分自身のそれを何と呼んでいるだろうか。性格？　人格？　キャラクター？　個性？　それとも、自分らしさ？

いずれにしても、それはあなたが足枷《あしかせ》をはめられて収監されている牢獄なのです。

『荒野の狼』

―
048

きみ自身の目で答えを見ろ

ああ、わかってるさ。きみの気持ちは充分にわかる。きみはたくさんの質問をしてくる。きみは多くの疑問と疑念、不安、よりどころのなさを持っているんだね。

そして、私がきみの質問や疑いに対してはっきりと答えてくれるはずだときみは期待している。しかしね、残念ながらそれがあやまりなのだ。若い人がよく陥るあやまりなのだ。きみ自身の目で答えを見なければ見えない答えがきみのための答えなのだよ。だから、私の目で見た答えを私の言葉で与えても、きみはつゆとも理解できない。

そういうことだから私はこのように答えよう。きみ自身の目で答えを見なさい、とね。そして、その方法はこれだ。せいいっぱい愛しなさい。自分を捧げなさい。そうしたときに、きみの目に見えてくるものがある。それこそがきみがずっと欲しがっていた答えだ。

書簡1954

時間という観念は棄てて、今しなければならないことに集中せよ

本当に自由になりたいのならば、ずっと頼りにしてきた魔法の杖《つえ》を棄てなさい。すなわち、時間という観念をさっぱりと棄てなさい。

それはもう過去のことだ、とか、まだ明日にならない、とか、もうこんなに時間を費やしてしまった、とか、こんな歳なのに、という考えを生む時間を真っ先に棄て去りなさい。

そして、自分が今しなければならないことにひたすら集中しなさい。

『クラインとヴァーグナー』

論理ではなく矛盾こそが生命を輝かせる

どこまでも論理的に考えて首尾一貫させようと思う分別を持った頭は、どこかに矛盾らしきものがあることを忌み嫌う。もし、わずかでも矛盾や分裂を見つければ、その全体を破綻《はたん》とみなすほど傲慢だ。

しかし、現実はどうだ。この世に生きているもののいっさいは、その矛盾と分裂をたくさん抱えていながらも輝いているではないか。なぜならば、矛盾と分裂こそがすべて生あるものを多彩で豊かなものにしているからだ。

理性と知性が重要だといったところで、めくるめく陶酔を知らないのならば、何が理性で何が知性かすらわからなくなるじゃないか。相反しあうものすべてがそこにあってこそ、あらゆるものが豊かに生かされているのだ。

『ナルツィスとゴルトムント』

051

優れた人は若くもなれるし、老いることもできる

若いだの年老いただの、そういう感覚や考え方は、似たような日々をだらだらと送るような平々凡々たる人々が持つものだ。
いささかの才覚があり洗練されている人は、そのときに応じて若くなったり歳をとったりするものだ。あたかも場合に応じて喜びや悲しみが生まれるようにね。

書簡1930

音楽は道徳的ではない

音楽がすごく好きなんだ。どうしてかって？
あらゆるもののなかで、音楽だけが道徳的ではないからさ。

『デーミアン』

—

053

音楽は愛の手だ

あらゆる芸術の中で音楽はいっとうやさしい。音楽を聴くのに、身分も階級も知性も教養もいらない。音楽は直接、わたしたちの魂に響いてくる。

私にとってはモーツァルトのソナタやミサ曲の一小節の記憶が愛の手だ。痛む心の傷口の上にそっと置かれる愛の手……。音楽のない人生なんて考えられない。

「音楽」

054

私が従うのは私個人の道徳だけだ

私は、いわゆる道徳や規範には従わないほうです。もう少しわかりやすくいうと、この政治体制や社会体制を継続させるために生み出された市民社会の道徳や規範や決まりごとに私は決して唯々《いい》諾々《だくだく》と従うことはないのです。

そんな私でも素直に従っているものがあるのです。それは私の内から湧いてくる道徳、私個人の内なる声という倫理道徳です。この内なる声は、市民道徳や規範とはちがって、私の人生の日々にそれぞれたいせつな意味を与えてくれるからです。

書簡1921

―

055

常識では聖人を理解できない

臆病な人たちは常識の世界にぬくぬくと住んでいる。そして、常識をセーターのように身にまとい、常識こそ市民の真理だと思っている。彼らは民主主義を至高のものとし、常識的教養を蓄えることにいそしむ。

そんな彼らはブッダを理解できないし、彼らの眼に映る聖人は狂人でしかない。

『荒野の狼』

真理はひっくり返しても真理だ

もし、その真理が正しいというのならば、それを裏返した反対の事柄も正しい真理でなければならない。

一枚の絵が芸術として立てるものならば、キャンバスをさかさまにして壁に掛けて眺めても、構図や色彩がみごとに調和しているように。

「無意味の意味」

真理は知るものではなく体験するもの

真理とは何か、神とはどんな人か、若い人はそんなことを知りたがる。
そうして本を読んだり、研究をしたりする。
だがね、誰もそれを教えることはできないし、説明することもできない。
なぜならば、真理にしても神にしても、それぞれが生身で体験するものだからだ。

『ガラス玉演戯』

058

「嫌いだ」は悪口ではない

「あんたなんか嫌いよ」

これは悪口ではない。

「おまえなんか死んでしまえばいいのに」

これもまた悪口ではない。

一方、いくら知的な批判に聞こえようとも、いくら理路整然としていようとも、あらゆる批判は結局のところタチのよくない悪口にすぎない。つまり、レッテルを勝手に貼りつけて始末してしまうことが批判だからだ。

しかし、嫌いだと感じたり言ったりすることは批判ではない。それは、嫌いの理由や感じ方が自分にあるからだ。相手方に責任を負わせてはいない。一方、批判はどんなものであれ、要するに相手に非があるとしているため、悪口や罵倒と同じものなのだ。

「思考」

059

論理的になんか愛せない

理性だの論理だの意志だのといったものは、実際にはそれほど役立つものではない。

ちょっと自分を振り返ってみればわかるじゃないか。

たとえば、わたしたちが誰かを、あるいは何かを愛するとき、理性や論理や意志を働かせた結論として愛するわけじゃないからだ。

頭で考えて論理的に愛するなんて、はなから無理なことなのだから。わたしたちはもっと本能的なもの、生身の魂の力でここに生きているのだ。

書簡1932

III

わがままに生きよ

わがままに生きよ

060

わがままに生きよ

わがままでいいんだ。

自分の本当に好きなことをしなさい。したいことをしなさい。決して誰にも服従することなく。世間に振り回されることなく。

わがままで行きなさい。それがきみ自身の運命を生きることなのだから。

そして、そういうふうにして生ききってみなさい。


「わがまま」

全責任をもってわがままに

私はただ一つの徳のみを愛し、重んじている。その徳とはわがままであることだ。

おおかたの徳とは、見知らぬ他人が与えてくる掟《おきて》である。その掟に服従すると、徳があるとほめられるのだ。

私はしかし、わがままという徳しか重んじない。これは自分が自分に与えたものだ。そして、このわがままにみずから進んで服従する。

全責任をもって。自分の人生を賭けて。私はそういうふうに生きてきたし、これからも生きていく。

「わがまま」

わがままかつ謙虚に

いつもあなた自身がそっくりそのまま表れるように、わがままでいなさい。楽しいですよ。愉快ですよ。誰にもおもねることがないのだから、実に自由でいられますよ。

しかし、自分のわがままを誰かに強要してはなりません。他人の言うこと、行うことに対しては、できるだけ謙虚でいなさい。場合によっては、我慢も必要です。そういう我慢や忍耐は、結局のところ安らぎと友情をもたらしてくれます。

書簡1950

人の一生とは自分自身への道だ

人の一生とは、自分自身への道を独りで歩いていくことだ。その道の果てには、完全なる自分自身が立っている。しかし、誰もがそこまでたどりつけるわけではない。

『デーミアン』

自分そのものである生き方を

「自分のこの生き方は正しいのだろうか」などと問わないように。

その質問の本意はたぶんこうだろう。

「自分は生き方にしても、抱える問題にしても、他の多くの人とはかなりちがっていると思う。そういう自分が人生をよりすばらしくするにはどうすればいいのだろうか」

この質問についてならば、ある程度なら答えられる。

「他人の生き方を少しも真似することなく、自分の生きたいように、いつも自分そのものであるように生きればいいのだ。もちろん、その場合でも責任は負わなければならない。うまくやる方法など、どこを探してもない。しかし、自分のその個性的な生き方において必然的に起きてくることについては逃げることなく、心から認めて受け入れるならば、いっそう強く生きられるようになる」

書簡1930

065

旅も人生も途上に悦びがある

旅の味は途上にこそある。
急いて目的地に突進するのではない。さすらうのだ。さすらいの甘さを味わうのだ。
それは青春の日々の悦びだ。人生の日々の悦びだ。

詩「旅行術」

苦しみの真っただ中を通れ

苦難を恐れるのは当然のことだ。誰もが恐れ、自分だけは苦しみたくないと思っている。できるならばずっと苦しみを避けて生きたいと思っている。しかし、どんな人にも苦難は襲ってくる。そこからいったん逃げれば、また今度は別の苦しみがやってくる。

もし今、苦しんでいて、その苦しみから一刻も早く脱したいと思うならば、その最短の道は眼前に開いている。

その道とは、苦しみの真っただ中を堂々と通ることだ。苦しみを全身に受け、耐えながら歩くのだ。すると、もっとも早く苦しみの世界から抜け出ることができる。

私はそうやって生きてきた。

書簡1935

不安を乗り越えて一歩だけでも進め

不安ならば、その不安をじっと見つめなさい。不安の正体が見えてくるまで。

慣れきった安全な場所から身を起こし、未知の領域へと足を踏み入れることにきみは怖気《おじけ》づいているのだ。誰もがそうだ。けれども、生きるということはその怖れと不安を乗り越えて先へと歩みゆくことだ。

ならば、自分を棄てるつもりで飛び込みなさい。あるいはまた、運命にすべてをゆだねきって進みなさい。あと、たった一歩。ほんの一歩。

『クラインとヴァーグナー』

人生に本当に必要なことを見極めよう

この世にあって、多くの人は仕事を人生の第一義としている。まさに仕事を神のように崇拝しているのだ。

また、とにかく儲けること、できるだけ多くの金銭を得ることに腐心して日々を過ごし、金持ちになることを人生の成功と呼んでいる。

しかし、本当にそれら仕事とか金銭がわたしたちに必要なことなのであろうか。わたしたちに足りないのは忙しさとか金儲けにあくせくすることなどではないだろう。たとえばそれは、とても些細なものをそのつど楽しむことではないのか。

さらにまた、偶然に起きることを厄介事として避けずに甘んじて引き受けて生きること。運命がどう転んでも、いささかもたじろがず、人生への信頼を揺るがせにしないこと。そういったことこそが、わたしたちにとってもっとも必要なことではないだろうか。

書簡1925

運命は自分で育てたものだ

運命とは何だろう。自分の運命は誰か他人が握っているものでもないし、どこかに隠されているわけでもない。誰もが自分の内に自分だけの運命を持っている。

なぜならば、運命は自分の成長とともに自分の中で成長してきたものだからだ。あたかも母親がその胎内で子供を成長させるように。

つまり、これまでの自分の生き方、自分の意志、決断、行動が、総じて自分の運命として自分の中に棲みつくのだ。私自身がすなわち私の運命なのだ。

そのことを知らずに運命を拒むならば、運命は苦い味でしかない。運命を受け入れて愛するならば、運命は蜜の味になるだろう。

「運命について」

070

血が出るような人生経験を重ねよ

ここかしこで楽しみが売られている。胸をわくわくさせるもの、歓楽を与えてくれるもの、陶酔させてくれるものが売られている。どれもこれも簡単に金銭で買える。

しかし、それらは本物の価値を持っていないものばかりだ。なぜならば、自分の血の一部を捧げないで得られたものだからだ。

つまり、どんなに些細な事柄であっても、また小さな感情であっても、それについて自分がうんと苦しんだり、うんと愛したり、激しく求めたり、自分の一部が犠牲になったりして得たものでなければ、それはわたしたちの経験にはならないからだ。

この人生の本当の真実は、真の人生経験はそうしてのみ得られるものなのだ。他のものはすべて偽物かごまかしにすぎず、自分の生の体験とはならない。

「心の富」

英雄とは自分の運命を背負える人のことだ

英雄とは、国家の無謀な命令に従順であったがために人殺しを目的とした戦場で命を落とした兵士のことではない。
英雄とは、大衆の中の目立たない小さな一人であっても、自分の性格と心が導く運命を背に負って堂々とたゆまずに生きていく勇気を持っている人のことなのだ。

「わがまま」

子供らしさを持ち続けよう

大人の心の中にもある子供らしさをずっとたいせつにしなさい。それこそが青春というものなのだから。
そして、その子供らしさがこれからの人生をうんと豊かにしてくれる。

書簡1912

人生はサンドイッチ

人生は厳粛な出来事ばかりではないし、いつも感動があるわけでもない。
その合間に、たくさんの笑えるようなことが挟まっている。

『ペーター・カーメンツィント』

小さな悪事が一日をだいなしにする

怒り。不信。あせり。嘘。裏切り。意地悪。

これらのことは日々の中でふつうにいくらでもあるようなことなのだけれど、これらのうちのたった一つでもあったときは、その一日をどうしようもなくだいなしにしてしまう。

とても短い一回限りの人生のたいせつなこの一日が、そのためにまったく塩辛い味に変わってしまうのだ。

『ペーター・カーメンツィント』

075

仕事に打ち込めば迷いは晴れる

美醜。黒白。光と影。善と悪。生と死。成功と失敗。上昇と下降……。対極にあるものはみな、迷いにすぎない。

それらはどれもこれも、人の頭の中にある迷いのせいで、互いに反対の側に立つものとして人の目に映っているだけ……。

そんなつまらぬ迷いを断ち切りたいのならば、たった一時間、自分のすべきことをするだけでよい。精魂をこめて力の限り仕事に打ち込む。

それだけのことで、これまでさんざん自分を悩ませてきた迷いの深淵からいとも容易に脱することができる。

『クリングゾル最後の夏』

人生は音楽のように流れていく

少なくとも私にとって、人生には満足した安定も停滞もない。常に今を超えながらどんどんと進みゆくのが人生だ。

つまり、音楽と同じだ。音楽は小節の順通りにそのつどの曲想を奏で、テンポを順々に消化し、転調し、たゆむことなく展開を続ける。停滞も凍結もない。完成に向かってうねりながらも流れ続ける。

人生もそういうふうにして各人の楽譜の最後の段階にまで達する。

『ガラス玉演戯』

死者こそがいきいきと生きている

死んだ人はもうここにいないのではない。死んだ人は今ここに生きている。好きな音楽や歌。部屋に飾りたいと思うほどすてきな絵画。いつでも口ずさめるほどに覚えてしまった詩。何度もくり返して読んできた本。さらに、この家を建てた人。日に幾度も見やる時計。もはや見慣れた風景の一つとなっている橋や塔。私の考え方に影響を与えた哲学や思想や物語……。

これらはみな私の生活の欠かせない一部となっているものだが、どれもこれも過去のあらゆる世紀の死者たちではないか。

私は身内の次に親密に死者たちと今日も生き、彼らが私の生活をつくり、彼らに囲まれ、彼らに教えられ、育てられ、彼らに慰められ、勇気づけられているのだ。だから、死者は消えてなどいない。今ここにいきいきと生きている。この現在の世界を私といっしょにつくっている。

書簡1955

078

今この瞬間をいつくしめ

19世紀のロマン派の詩人メーリケが使った鵞鳥の羽根ペンを私は持っています。それはメーリケが自分で丁寧に削り、きれいな文字で詩を書いたときに使ったペンです。もし、彼が手ずから羽根ペンを割り削ったり、時間をかけて四旬節ので卵に入念に色模様をほどこしたりしていなければ、もっとたくさんの作品を残すことができたと思われます。

しかしメーリケは決してそうはしなかった。細々とした雑事を自分で丹念に行なった。効率的な生産性を何よりも優先する現代人から見れば、そんなメーリケはまさしく怠け者でありましょう。

けれども、それこそが人生というものではないでしょうか。生産とか目的とか進捗とかをつゆたりとも考えず、ただ今の瞬間を自分の手でいつくしむ。そうすることによってのみ、人生のこの刹那は遥かなる永遠へとつながるのではないでしょうか。

書簡1908

内なる声を聞け

「自分がというか、自分の人生がわからないのです。どのようにすれば、自分にとってベストな人生を送れるのか……」

「それは、内なる声に耳を傾ければいいのだよ。そうすれば自然とわかってくるさ」

「ええ、耳を傾けています。でも、何をすればいいのでしょう」

「私にはきみの良心がどういうものかわからないし、きみの能力もわからない。また、きみが本当にしたいと思っていることが何なのかもわからない。だから、きみの内なる声を聞くことができないのだ。その声を聞けるのは、きみ自身しかいないのだからね。しかし、誰かの真似をしようと思わず、また誰かの助けを借りようともせず、本気できみ自身の内なる声を聞けば、一つの道筋が見えてくるはずだ。そのときに自分がしなければならないことがとても自然な形でわかってくるはずだ」

書簡1917

080

ずっと続けていける仕事に就け

忠告しておく。自分に合ったまっとうな仕事に就きなさい。ただし、私が言うまっとうな仕事というのは、世間の人々が考える仕事とはまるでちがう。つまり、人並み以上の給料がもらえて、なおかつ安全で安定した仕事のことではない。

おまえが人生を通じてずっと続けていけるような仕事、しかも自分の成長とともに育っていくような自分らしい仕事のことだ。

そういう仕事を見つけるのは難しいかもしれない。しかし、そのような仕事こそ、おまえに適したものだし、おまえの人生を豊かにしてくれるものなのだ。

書簡1916

天職は後になってわかるもの

もっとも自分に適した天職を選ぶ、ということは不可能だ。若いときにあらかじめ自分の天職を知る方法などないのだ。

ただし、自分がなしてきたこの仕事が天職であったかどうかということは、もうどうにも取り返しのつかない段階と年齢になってからならはっきりと自覚できる。

もちろん、そのときにはすでに幾多の困難を耐え、奈落に掛かった揺れる細い橋をかろうじて渡り切り、多大な犠牲を存分に払ってしまった後なのではあるが……。

書簡1927

082

無意味な人生に少しずつ意味を見つけよう

生きていくということは無意味でしかありません。人生そのものにはあらかじめ特別な意味などないのです。そのうえ、人生はとてつもなく残酷なものであり、同時にどうしようもなく愚かですらあるでしょう。

それでもなお、人生の無意味とおぞましさと不可解さを自分に受け入れ、いつ死ぬかわからないという危険性を覚悟する必要があるのです。

それはしかし、自分を悩ませるでしょう。悩みながら、どうしてもこの自分の人生の意味を見出したいと泣きながらあがくでしょう。そうしてついには自分なりの意味を少しずつ見つけていくことになるでしょう。

それこそが、動物でも虫でもない感受性を持つわたしたち人間だけができる最高のきらびやかな仕事なのです。

書簡1931

083

個性的に生きることは戦いだ

あなたは個性のきわだった人物になりたいのでしょうか。では、個性的になるほどに何事もうまくいって気分上々の日々が送れると思わないほうがよろしいでしょう。

というのも、個性的な生き方をするほどに、そして自分が他の人々とはちがう独特の個性を身につけていくほどに、あなたはふつうの人のふつうさ、いわゆる凡庸さと強く衝突することになるからです。

また、そういった類型的な平凡さを正常だとみなす市民性ともぶつかることになりますし、当然ながら彼らがささえてきた伝統や因習ともぶつかることになるからです。当然ながら、あなたは多くの人たちから変人だと嘲笑されたりもするでしょう。

ですから個性的な人物になるということは一つの長く厳しい戦いになります。

書簡1929

084

自由に生きるには覚悟がいる

自由に生きることは簡単ではない。いつも自分であるような生き方も、さまざまな機会や場所で大小の衝突や誤解を生みやすいものだ。

というのも、この世の中には規範や道徳やというものがあるからだ。その枠の中に入って満足する人だけが好まれるというのが世間というものだ。

そういう世間にあらがえば、当然ながら波風が立つ。その波風をどのようにしのぐか、あるいは抵抗し続けるのか、あるいはまた場合によって順応するのか、そういったことすら自分で決め、自分でいつも責任を負う覚悟もなければ、自由には生きられないのである。

書簡1956

085

献身がなければ

人は、献身して愛してきたものからのみ人生の意味を受けとる。

「古くからの問い」

青春の歌は老いてもなお響き続ける

青春はすばらしい歌曲のようなものだ。
その歌曲は、老いてもなお澄みきった調べで響き続けるのだ。

『ゲルトルート』

—
087

最後は死をも愛せるようになる

最初は母を愛し、次に父を愛し、さらに身近な人々を愛し、やさしいものを愛し、美しいものを愛し、故郷を愛し、他人を愛し、やがて苦手な人をも愛せるようになり、さらにはこの人生をも全肯定して愛するように、わたしたちはついには死をも愛せるようになっていく。

そして、死はついに人生最大の幸福となる。

『荒野の狼』

088

オリジナルな人生を始めよ

わたしたちは実は、物事を自分の意思で決めていない。何がいいのか悪いのかを自分で判断していない。世間や他人のやり方を真似ているだけだ。だから、どのように決めても迷いが残ったり、あとで後悔したりするのだ。

いっそのこと、一度は自分をすっぱりと裸にすべきなのだ。どういう衝動が本当に自分の内から湧いてきているのか。何が欲しいのか。どんなことが不安なのか。何が自分を苦しめているのか。そういったことを明白にしてみるのだ。

そして、そのゼロの地点からスタートしよう。すると、本当の自分の価値観が生まれてくるし、何が自分にとっての善悪なのか、とてもすっきりとわかりやすくなるからだ。そして、誰の真似でもない自分のオリジナルな人生を始めるのだ。

日記1921

心身を健康にするためにお金は必要ない

大枚をはたかなければ健康は得られない、というものではない。心身を健康にするためにお金は必要がない。つまり無料なのだが、無料ゆえにみんなそれを見過ごしてしまう。

ほどほどに飲んだり食べたりする。毎日少しは運動をする。体も心も清潔にする。なるべく上機嫌でいる。

たったこれだけのことで感覚も感性もすこやかになる。そうすれば季節の移ろいがすべて美しく感じられ、喜びが増し、あらゆるものから生命力をもらうことができるものだ。

「クリスマスに寄せて」

欲得中心に生きると、人として貧しくなる

たくさんの失望と落胆を経験し、いつも疲労を覚え、努力が実らず、早く老けてしまう生き方がある。

それはできるだけ多くの金銭を欲しがり、できるならば社会的権力をも手にしようとあくせくする欲得中心の生き方だ。この道を進むと、人としてとても貧しくなるという報酬が待っている。

「クリスマスに寄せて」

091

「パン」という言葉に善が宿っている

私はパンというなにげないふつうのこの言葉こそ、人生にとって重要な深い意味を持っていると思う。

というのも、この日常的な、小さな、それでいて誰もが日に幾度も口にするこの言葉が意味することは、生命力の源、生きていくのにどうしても必要なもの、懐かしい思い出の混ざったやさしい味わい、多くの人々と食卓の喜ばしい記憶など、すべてよきものばかりだからだ。

パンという言葉のそういう特別なたいせつさは、イタリア人が誰かある人を本当によい人だとして全面的に称賛するとき、「あの人はパンのように善い人だ」と言うことにもはっきりと表れているのだ。

「パンという言葉」

—

092

人生の雑事にわずらわされるな

自分の人生がまるでカオスのように感じられるのは、くだらない雑事や迷い事や自分に少しも向いていないことに多くの時間をついやしたり、心を奪われているからではないでしょうか。

人生をそんな混沌としたものにしたくないならば、音楽の感性が必要でしょう。つまり、自分が主に関わるべき事柄にたずさわっているときにあたかも互いに共鳴しているかのような感覚になることです。

その感覚を知れば、たとえば自分の仕事をしているときには調和が自然に生まれ、仕事のほうからこころよく迎え入れられていると感じます。

こうなれば、あとはしめたものです。人生はその快感を中心にして進んでいくようになります。そうなれば、人生がしっかりとした芯で支えられ、外の騒音に煩わされなくなるのです。

書簡1910

—

093

人生の意味を知りたければ真摯に生きよ

欲しいものを強引に獲得し、あらゆる楽しみをむさぼり、できる限りの富を集めたとしても、わたしたちはうつろな思いに充たされるだけだ。なぜならば、わたしたちが本当に欲しがっているものは意味だからだ。生きることの意味。

それは世界中を探しても見つからない。人生の意味は、自分自身が真摯に生きることによって自分から自分へと与えるものだからだ。そのときにそっと手助けをしてくれるのが聖書やあらゆる哲学なのだ。

書簡1933

IV

人は喜びがなければ生きていけない

094

人は喜びがなければ生きていけない

人というものは、どういう形であろうとも、どれほど小さかろうと、なんらかの喜びや楽しみがなくてはすまないものだ。苦しみのさなかにあってさえもそうなのだ。

「短い略歴」

素直に喜ぼう

喜ぶことができる能力があるのだから、我慢していないで素直に喜ぼう。美しさがわかる感受性があるのだから、気取っていないで素直に美しさに驚こう。

ソナタの変奏曲にうっとりするのと、じゃれている若い猫がくるりと頭をまわすのをかわいらしいと思う感受性は同じだ。もったいぶったものにだけ深遠な美があるわけではない。人生の日々における多くの小さな事柄がとても美しく、わたしたちを深く喜ばせるのだから。

「幸福」

096

生命力の弱い人ほどお金に頼る

お金の威力を見せつけたり、お金で人を動かすような人はとても弱っているものだ。彼は自分の生命力にもはや信頼を置けないと知っているため、金銭によって旺盛な生命力を偽っているからである。

それと同じように、得られるかもしれない金銭の多寡によって自分の行ないを決めるような人は、自分の中に何も信頼できるものを持っていないのである。

「わがまま」

—

097

欲望をもって見れば欲望しか見えない

高みから眺めた眼下の森がこのうえなく美しいのは、その森が自分のものではないからであり、また今後その森を買ったり借りたりする気持ちがないからだ。

もし、その森を利用して一儲けしてやろうという売買の思惑や計画などがあったりすれば、森は一変して美しくはなくなる。なぜならば、そういう気持ちのために、わたしたちは森そのものを見ず、自分の意欲や金勘定ばかりを見るようになってしまうからである。

同じことは森のような自然ばかりではなく、人間に対しても言える。なんらかの要求や目論見《もくろみ》を抱いて相手を見るのならば、自分の目に映ってくるものは相手そのものではなく、自分のつごうや欲望や計算ばかりだからである。

「魂について」

098

人は自分を偽って生きている

人間もまた自然の一つのはずだ。けれども、木々や雲、波などの自然とは明らかにちがう。多くの人間はその人自身をあらわにして生きてはいないからだ。

たいがいの人は社会の中でいつも何かであるように自分を偽り装って生きている。それでいて自分自身のことを何も知らない。

面をつけて装った自己のほうが、本当の自分よりもたいせつであるかのようなのだ。

『ペーター・カーメンツィント』

099

自分自身の夢を持て

多くの人はさまざまな夢を抱いて生きています。こうしたいとかああしたいとか、たくさんの夢を描いています。しかし、そのほぼすべてが実現しません。

なぜならば、彼らの夢は自分の能力の中から自然に湧き出た自分自身の夢ではないからです。彼らの夢は、そのつどの無責任な欲望にすぎないものだからです。

『デーミアン』

差別や争いはすべて人間の心から出てきた

世界を満たしているはなはだしい差別、ヘイト、排斥、価値の上下の決めつけ、中毒、放蕩《ほうとう》、困窮、傲慢、ひとたびも鎮められない苦悩、絶えざる諍《いさか》い、血みどろの戦争、あらゆる恐怖……。

これらのものはどれもこれもみな、われわれ人間の心から出てきたものだ。

『クラインとヴァーグナー』

人の判断などあてにならない

世界はあまりにも不完全であり、あわれむべきものだろうか。それとも、世界はこのままでいっさい完全無欠であり、どの一点においても正しい存在なのだろうか。

おおかたの人はその時々でどちらでも簡単に信じるんだよ。というのも、彼らが何をどう信じるか決めるときに影響を与えるのは、財布の中に今いくら入っているか、腹が一杯かどうか、天候がどうか、気分がどうか、といったことだから。

『ゲルトルート』

102

人を動かすのは思想ではなくお金や名誉だ

「愛しなさい」と言ったイエスの言葉に感銘しても、本当に自分の生活をほんの少しでも変えようとする人はほとんどいない。あるいは、詩人や哲学者や思想家の考え方に胸を打たれても、自分の生活スタイルをわずかに変えようとする人もいない。

それなのに、いくばくかのお金や損得や名誉のためだったらすぐさま賛成する人がいかに多いことか。そういうふうにして戦争も現実のものとなるのだ。

書簡1929

103

世間は天才より凡人を好む

一般的に学校というものは天才的な子供を育てようとはしていません。考え方が健全で、つまり世間の価値観にそっていて、そこそこ健康で、みんなと同じ程度に有能であるような子供を育成したいのです。

世間の人々も同じです。彼らは天才的な人をやっかいで、面倒であつかいにくい存在だと見ています。そうして結局は平均的な人ばかりが好まれます。そういう人たちこそ生産や客商売に従事させるのに適しているからです。

書簡1930

反抗する若者の中に天才がいる

社会が決めた教育のシステムにうまく乗っていけない少年たち、大人が決めたルールや規律からいつのまにかはみ出してしまう若者、どうしても教師から嫌われてしまう生徒、反抗をくり返して放校されてしまう生徒、そういった若者の中に、立派な作品をつくる芸術家、文化を新しい方向へと開く天才がいるものだ。

しかし、全員がそうだというわけではない。おおかたの若者は反撥や反抗だけですっかり疲れ果ててしまい、自分の道すら見出せなくなってしまうのである。

『車輪の下』

105

若者は愚かだ

若者たちの見かけはとても精悍なものです。若々しいエネルギーに満ちています。彼らは今の世の中を批判してやみません。どうして世界はこうなってしまったのだと不平を言い、大人たちは悪い世界をつくったとしきりに腹を立て、知ったかぶりで人々の卑劣さ、傲慢さ、悪徳ぶりを指摘するのです。

その一方で、彼らは実際にはどんなことをしているのでしょうか。好みの異性を追いかける他には、自分を楽しませることしかしていないのではないでしょうか。現状の責任をとらず、自分が社会の一員であることを自覚もせず、何にも参加せず、積極的な行動もしないで遠くから嘲笑している。そうして結局は何もまっとうせずに歳を重ね、あげくのはてには、かつて若かった頃に見た自分のことしか考えないだらしない老人とそっくりになってしまうのです。

書簡1931

106

若者は孤独なエゴイスト

若者はおしなべてみな孤独なエゴイストだ。

彼らは自分だけが永遠に生き続けるとひそかに思いこんでいる。だから、すべてのことについて自分を中心にしか考えない。自分の損得勘定や想像こそ現実的なものであり、自分の快感にこそ最上の価値がある。

したがって、ちょっとしたミスや想定外のことが起きると、大きく落ち込んでしまう。あたかも奈落の底に墜落したかのように。また、嬉しいことが起きれば有頂天になってしまう。あたかも全世界の頂点に達したかのように。

落差の大きいこの極端に熱くもあり冷たくもある滑稽な悲喜劇が起きるのは、いつも自分独りのためだけに生きているからだ。若い人たちはまだ、人のために生きるという充実感の暖かさを知らないでいる。

『ゲルトルート』

107

わがままといわれる人こそが真に個性的な人だ

ある人を個性的だと呼ぶのは一種のよい評判となる。ところが、ある人をわがままだと評するのは悪口になる。

実際には、わがままと評されている人こそ、自分の個性にしたがって素直に生きている。一方、個性的な人物と呼ばれている人は、たまに独特の考え方や意見をちらつかせるだけで、それ以外はどこにでもいるような人々と同じ生き方と考え方をしている。

「わがまま」

人は喜びがなければ生きていけない

108

音楽について語るな。ただ奏でよ

音楽についてあれこれと説明したり、おしゃべりしたところで、いったいそれが何になるのでしょう。音楽について語っても価値などございません。

そもそも音楽について正しいだの教養的だの趣味がよろしいといったことは何の意味もありませんし、これっぽっちも重要ではございませんでしょう。

肝心なのはまずは音楽を奏でることではないですか。巧みに演奏してみなさまを喜ばせ、ダンスをさせ、人さまの心を楽しい気持ちでいっぱいにしてさしあげることでございます。

『荒野の狼』

子供の魂は親には似ない

子供たちはみな、それぞれ自分だけの新しい魂を持っている。

しかし、親たちはそのことにちっとも気づいていない。それどころか、自分たちの子だからといって、魂のようなものも代々受け継がれていると思いこんでいるのだ。

だから、子供の考え方やふるまいが自分たちとあまりに異質だと感じられると、それを子供っぽさや隔世遺伝やたんなる偶然のせいにしてしまうのだ。親たちは、それが新しい魂のふるまいだとは知るよしもない。


『クヌルプ』

約束をしすぎてはいけない

女の子たちがきみの言うことをまともに聞いてくれないって？
そりゃあそうさ、原因はきみにある。きみが彼女たちにあまりにもたくさんの約束をしたからなのさ。

『クヌルプ』

小市民の生み出す悪

この世で蠢《うごめ》いているたくさんの名前のない虫のような小市民というやつは、いかなる場合でもとにかく自分だけを安全な場所と地位に置こうとする。だから、いつもほどほどのことしか手にしないし、自分につごうのいい環境にしか棲《す》まない。

彼らは何事においても極端を避ける。だから、本当のところは芸術が何かもわからないし、聖なるものについて少しも理解できず、健全な人間からしばしば生まれる堕落や放蕩すら自分に縁のないことだと考える。

そのくせ権力の一片でも自分の手にしたいと思っているから多数決の制度をつくったのだ。また、自分の中の暴力を権利として正当化するために法律をつくり、自分では責任を負うのがいやだから投票制度をつくったのである。

『荒野の狼』

112

知識を増やせば増やすほど疑問も増える

あたかも何か物でもあるかのように知識は思われている。あるいは、知識は何かに役立つ道具であるかのようだ。

では、知識人はたくさんの道具を持っている人のことなのだろうか。百科事典はたくさんの道具を詰めた便利な本なのだろうか。

ショッキングなことを一つ教えよう。知識を増やせば増やすほど、さらに増えていくものがある。それは疑問だ。知識の森の奥には、もっと薄暗い疑問の谷間が口を開けている。

書簡1936

113

私は本心を話す人が好きなのです

私は人間嫌いだという印象を与えるかもしれません。人づきあいの悪い人間だと思われているかもしれません。でも、それはまったくちがいます。私は農夫や子供たちとすぐ仲よくなれるのです。船乗りたちも大好きで、港の酒場で彼らと痛飲します。画家や建築家と談笑したり、彼らの仕事場を見るのも大好きです。

こういった人々は屈託がなく、本心を話し、自分の仕事を人生としているから、私は大好きなのです。一方、飾りや嘘や駆け引きばかりの上品な社交場には顔を絶対に出しません。むしろ、一人で本を読んだり、ビリヤードをするほうを私は好むのです。

書簡1903

感性がなければこの世は砂漠だ

かわいらしい女の子はなぜかわいらしいのだろうか。美しい容貌と姿を持った女性はなぜそれほどまでに魅力的なのだろうか。

紙幣でふくらんだ財布はどうしてリッチな気分にさせてくれるのだろうか。きちんとしたズボンの折り目が、なぜ端正さとすがすがしさを与えてくれるのだろうか。傲慢な連中から戦争と称して始められる殺し合いが悲惨なのはどうしてなのだろうか。

答えはわたしたちにある。わたしたちに感性や感情があるからだ。感性や感情によってわたしたちは物事を判断するのだ。感性や感情がなければ、いっさいはただの物事にすぎない。荒涼とした砂漠にすぎない。

「ニュルンベルクの旅」

感覚が働く喜び

人はなぜ、旅をするのか。なぜ、異国の風景や建物を見たがるのか。なぜ、エキゾチックな空気を吸いたがるのか。どうして、旅は快感をもたらすのか。人はなぜ、海や川で泳いで爽快な気分を味わうのか。どうして、汗のしたたる激しさで球技に打ち込むのか。なぜ、スキーで峰々を滑降し、深い雪を掻きわけつつ行進するのか。

それらの理由は一つだ。わたしたちが自分自身の人間感覚を求めてやまないからだ。

見る、聴く、味わう、感じる、耐えられる、まだ上手に動かせる、美を見分けることができる、感動できる、呼応する心が豊かにある……。

自分がこれほど感性と躍動に満ちた人間であり、その感覚をありありと確認することに生の快感を覚え、自分自身の存在を喜ぶのだ。

「ある旅の日」

夏の讃歌

夏はすてきだ。
雨が荒々しく降る。夜がいよいよ青くなる。
マロニエが華やかに咲く。ジャスミンが甘い香りを放ち始める。
穀物が熟する。雷雨の夜が近づく気配。
大人たちが子供のようになる。生きていることが炎のように感じられる季節。

「夏に向かいて」

117

自然に従う

自然の移り変わりに対して私は不平を言いません。誰かが言うように自然は残酷なものだとも言いませんし、そう思ってもいません。

夏の晴れた暑い日に二時間も水運びをするのはたいへん骨の折れる仕事ですが、これが夏という季節だと私は思うのです。夏らしくていいなと感じて嬉しいのです。さらには、夏が暑いのも冬に雪が降るのも、私の望みだとすら思うのです。

そんなふうに思うことなく、天候の変化や自然の成り行きにいちいち本気で不平不満をたらすのならば、この人生がもっと困難で不快な日々だらけになってしまいますからね。

「夏の手紙」

118

自分はすべてとつながっている

広い湖の真ん中までボートを漕ぎ、オールを取り込んで船底に寝転ぶ。そうして仰向けになって手足を伸ばすのが好きだ。

陽光が体の中にまで届き、深く沁みわたってくる。焼けそうになったら水に飛び込むのさ。光も水も大気も自分も同じものとしか感じられなくなる。

自分は雲になり、歌になり、すべてとつながっているとわかる。心だって子供になっている。

「だらだらする日」

119

趣味で本物の芸術はできない

本業のかたわらのちょっとした趣味で本物の絵を描くことなど決してできはしない。生半可な気持ちで詩の一行を書くこともできはしない。

芸術にたずさわるには、全身全霊が燃え輝かなければならない。創造することに自分の魂と人生のすべてが賭けられていなければならない。

書簡1920

120

健全で正常な人間は芸術家になれない

いわゆるまともな人間とは、才能のない人のことだ。彼らは健全で正常な人間だ。だからこそ、芸術家が持つ狂気を持ちあわせていないし、むしろ狂気を気味悪がっている。

そもそも、才能というものと狂気は最初からつながっているものなのだから。

「多彩な空想」

芸術と穏やかな生活は両立しない

芸術家というものは自分があわや破滅しそうになる寸前まで創造の力を尽くしきらなければならないことを仕事としている。

それは、とても厳しい一人きりの戦場での闘いと似ている。創造のそのような日々は人としての生活の穏やかさや幸福を犠牲にしなければならないほど苛烈《かれつ》きわまるものなのだ。

『ゲルトルート』

122

芸術家は幸福を断念しなければならない

芸術家は、才能で生きんとする人は、文化と自分の絶えざる覚醒のために、責任のない大衆が享受している一般的な幸せというものを当然ながら断念しなければならないのです。

書簡1961

人は喜びがなければ生きていけない

123

芸術家に必要なこと

芸術にたずさわろうとするなら、溢れる情熱とアイデアだけではまだたりない。さらに賢明さ、技量、能力、あきらめないこと、そして幸運に恵まれることも必要になってくる。

あの有名な画家のルノアールにしてもとてつもなく深遠な思想を持っていたわけではない。しかし、彼は自分の主張「戦争に満ちているこの世に必要なのはもっと美しいものだ」ということを明瞭に色彩で描いて表現することに成功している。

そのためにルノアールは地道な努力をえんえんと続け、途中であきらめることなど絶対にしなかったのだ。

「水彩描写」

人はいつか死ぬ

道端の石ころを見て思う。この石は私よりもずっと強いのだ。すっくと立つ樹を見て思う。この樹は私よりもはるかに長生きするのだ。

人ははかない。いつか私は樹の根になり、土になり、石になる。

そうしたら、私はもう紙にたくさんの言葉を綴る必要がなくなる。鞄に歯医者の領収書を入れることもなくなる。偉ぶった役人たちに国籍証明書の件でいろいろ面倒なことを言われることもなくなる。

私はさまざまなものに変転し、救われつつやがて消えていくのだ。

「春を往く」

自分のことばかり考えていると孤独になる

自分は誰からも理解されていない。どの一人とも本当につながっていない。仕事のうえではなんとか普通そうにやってみせているけれど、本当は恐ろしいほど孤独だ。自分だけしかいない部屋が闇の底にあると思えるほど孤独だ……。

そう思うのなら、簡単な治療法がある。まずは、自分が幸福かどうかといったことへの関心をすぐさま棄てること。同じように、自分の評価や評判なんてどうでもいいことだから考えても意味がないと決めること。とにかく、自分についてあれこれ考えるのをきっぱりとやめること。

そして、世界で起きていること、他人のことについて関心を持つこと。いつも会う身近な人たちをよく理解しようと努めること。できるならば、彼らが少しでも喜ぶために何かしてあげたり、話を聞いてあげること。

『ゲルトルート』

人間関係は必ず修復できる

人づきあいというものは、いつも微妙で不安定なものです。これまでなんら問題などなかったはずの人間関係がふとしたきっかけでとたんに難しくなってしまうことも往々にしてあるものです。

そういうときでもやはり、相手の気持ちを汲みとろうとする自分からのやさしい心がけと実践、そして相手への思いやりのある礼儀というものが、こじれた関係を必ずよくしていくものなのです。

書簡1924

127

他人を理解するのは難しい

心を開くならば、わたしたちはどんな人とも深く通じあうことができる。わたしたちはどんな他人をもよく理解することができないし、通じあおうとしても互いの落差を知るばかりである。

この二つのことは矛盾していない。どちらも真実だからだ。

『ガラス玉演戯』

128

違いよりも共通点に目を向けよ

わたしたちはそれぞれにちがう。他人との間に深い越えられない溝が横たわっていると感じることすらある。

だからどうだというのだ。確かにみんなそれぞれちがいはあるけれど、みんなそれぞれに共通して持っているもののほうがずっと多いじゃないか。

互いのちがいよりも、そっちのほうがはるかに重要なことじゃないか。

『ゲルトルート』

実は互いを恐がっているから群れるのだ

集団をつくって群れる人々。団体として固まり、結束を誓いあう人々。固まって行動しようとする人々。

彼らはなぜ集まり、顔を寄せあい、互いの動向を気にするのか。その理由は実はなさけないものだ。彼らは互いに相手を恐がっているのだよ。だから、固まっていながらも、心はばらばらで互いを本気では信用していない。

そしてまた、自分が時代遅れの役立たずだってことを内心知ってもいる。だから、かりそめにも集まってお互いの顔を見ながら同じような声を出していないと、ちょっとした意見すら表現できないというわけだ。

『デーミアン』

群れずに生きる覚悟を持て

多くの人は群れたがり、実際に群れをつくって生きていく。

群れの中で細かく上下の序列をつけ、それを基準に支配と従属の関係を持ち、互いに忠実なふりをして腹の中ではそむき、それでもなお順応し、世界とはこういうものだと確信する。それほど彼らは臆病で、保身第一の生き方をしている。

しかし、そういう群れに属することのない異人がいる。風吹く荒野に昂《こう》然《ぜん》と立つ一頭の狼のように、その異人は自分の人生を独りで背負い、勇敢に生き、忽然と死んでいく。だが、彼は人々から忘れさられることはない。

「わがまま」

裸の魂を見せて生きよ

自分の魂があからさまになっているような、つまり、その人そのものが素直に出ているような接し方や話し方をする人はきわめてまれだ。多くの人はそつなく外交的に丁寧な言葉を並べ、損得をしっかり計算したうえで上手に立ち回り、いつも自分を厚く守ることに手馴れていて、一瞬たりとも自分の素地の魂を見せることはない。

彼らは素顔や生の感情を隠す生活をしているうちに、ついには自分の魂がどこにあるのかすらわからなくなってしまったのか。あるいは何かを怖がっているのだろう。

だから、彼らの魂は未熟なままなのかもしれない。裸の魂のまま素直に接するときのみ、自分の魂は成長する機会に恵まれるのだから。

「魂について」

大人になるとは孤独になること

大人になるとは、社会制度が決めた年齢に達することではない。親から離れることだ。少年時代を棄てることだ。孤独になることだ。

ところが、多くの人はこの重大な一歩をきちんと踏み出さない。片足だけを前に出し、もう一本の足は後ろに残しておいている。内心は、いつまでも身内や故郷や過去とつながっていたいのだ。

「ツァラトゥストラの再来」

V

この世界に愛を増やそう

133

この世界に愛を増やそう

戦争、革命、科学の進歩やイノベーションといったことで本当に世界はよくなっていくのだろうか。この世界にたりないのは何か決定的な力や英雄の存在なのだろうか。まだまだたりないのは、実は愛なのではないだろうか。

愛がたりないのだから、愛を増やそうじゃないか。

しかも、自分の手の届く範囲から始めよう。あらゆることにほほ笑み、忍耐を続け、このろくでもない世界に対して批判やあざけりという小さな復讐を決してせず、誠実に根気強く自分の仕事をこなすこと。

すると、きっともっと世界に愛が着実に増えていく。

書簡1944

愛があればすべては価値を持つ

わたしたちはしばしば、感覚的なものを蔑視したり、何か精神的なものを高貴で価値あるものとみなす傾向がある。

けれども、感覚的なものの価値が低いわけではない。精神的なものがいっそう高いというわけではない。そこに愛があり、燃える情熱があり、感動があるならば、どちらも同じく人間的価値がある。

だから、情熱のままに相手の体を抱くのも、一篇の詩をつくるのも同じことだ。そこに上下や貴賤はない。すべては一つなのだ。自分が真剣に愛をもって関わるならば。

『クリングゾル最後の夏』

135

愛がある者が勝利する

勝利を得る人は次の三つのことをする。

愛する。耐えしのぶ。寛大に赦す。

それと反対のことは次の三つの行為だ。敵意や反撥心を抱いて相手や事態を見つめること。仕事を忠実にこなさないこと。批判をしたり嘲笑したりすること。

書簡1932

136

こんな世界を価値あるものにするために愛が必要なのだ

この現実世界は、よもや天国ではない。分別のない世間の老人たちが口にするように、昔のほうが今よりましだったわけでもない。ずっと昔から世界は不完全であったし、しかも泥にまみれている。だから、こんな世界を生き、こんな世界を自分にとって価値あるものとするために愛が必要なのだ。

『荒野の狼』

幸福が来る道の名前は「愛」

お金も地位も名誉も結婚も勝利も、決して幸福を約束するものではない。
いや、幸福とはそもそも縁がない。
というのも、幸福がとおってくる道の名前はいつも愛だからだ。

「マァルティンの日記から」

愛に理由はない

知性や教養は、偉大な事柄を称賛する。批評は美しいもの、すぐれたもの、才気に溢れたもの、新しいものを扱い、もっともらしく判定する。ところが愛だけは別だ。そんな知性や教養が無視するちっぽけなもの、ささいなこと、ひそかな喜び、誰の目も引かない野の花をいつくしんでやまない。そこには小難しい理由などない。ただ、愛することしかしない。

その意味で、愛はあらゆるインテリジェンスを超越しているし、永遠である。

「文学における表現主義」

愛には心を支払え

美しいものを見ることができるためには、最善のものを感じるためには、
愛に出会うためには代償が必要となる。
その代償とはお金ではない。あなたの心を支払わなければならない。

「ある人への手紙」

愛を乞い願うな

愛は、乞い願って欲しがるものではない。

『デーミアン』

141

愛の痛みが人を熟成させる

愛することは、心の痛みをともなう。愛すれば、苦悩が愛の影になる。しかし、そういう愛を与えれば、わたしたちは以前よりもずっとつつましやかになっていく。

そうして、わたしたちは濃く力強い味のチーズのように一人間として熟成するのだ。

『ペーター・カーメンツィント』

魂とは愛する力だ

魂の本質は、きっと永遠であろう。けれども、魂がどういうものなのか、私にはわからない。魂を解剖したり分析したりすることもできないからだ。それでもなお、わたしたちは魂の存在をはっきりと感じることができるのだ。愛する力として。物事を創造する力として。

『デーミアン』

143

相手を引きつける強い愛を持て

自分が相手を愛しているということを、相手に何か特別に貴重な贈り物をあげているようなものだと決して思わないでください。

そうではなく、あなたの愛が相手を引きつけるほど強いものでなければならないのです。

『デーミアン』

夫婦の愛は恋人同士の愛よりも大きい

愛という言葉はたった一言でしかないね。しかしだな、恋をしている若者と結婚している夫婦の愛は同じではないな、やっぱりちがうものだよ。だいたいにして、若いときは自分のことばっかり考えているものだ。そんな若者が愛だと思っているものはだいぶエゴイスティックなものだよ。彼らは相手に要求するのも自分からの愛だと思いこんでいるくらいだからね。

長年連れ添ってきた夫婦の愛はそういうものではないね。思いやりや感謝がたくさん含まれた大きな愛だ。残念ながら、そういう愛で結ばれた二人というのはそうそう世間では多いものじゃないがね。

『ゲルトルート』

愛は運命よりも強い

自然の力にも、偶然や運命の力にも勝つことはできない。けれども、ほんのわずかな時間でしかないが、われわれは自然や運命の力よりもずっと強くあることができるものだ。そのときには確かに真ん中に愛がある。

『ゲルトルート』

146

愛せることが救いなのだ

救いとは愛だ。
とはいっても、誰かから愛されることが救いになるという意味ではない。
救いというのは他から何かを与えられることではない。
自分が誰かを、あるいは何かを愛せるということが救いそのものなのだ。

『クラインとヴァーグナー』

どんなに愛しあっていても魂は一つにならない

二人が力を合わせることはできる。寒い日に二人で寄り添うこともできる。互いをいつくしみ、愛しあうこともできる。

しかし、二人の魂を一つに溶けあわせることはできない。それぞれの魂はそのままにそれぞれのものだ。それはつらいことだろうか。悲劇だろうか。

花もまた同じだ。他の花と結婚するために、香りと花粉を風に乗せて飛ばすことができる。けれども、根は元の大地から動くことはない。その根が花の魂なのだ。

『クヌルプ』

女性の愛する力は偉大だ

女性たちの愛する力は大いなるものだ。

彼女たちはまさしく献身してやまない。その偉大さと強さはとても言葉などで形容できもしない。

そして、懸命に愛しているときの彼女たちはあまりにも美しいのだ。

日記1933

愛は学校だ

ぼくらの内部で蠢くのは愛だ。ぼくらを実際の行動に駆り立てるのは愛だ。愛は、不思議なエネルギーのようなものだ。

しかし、愛はいつも蜜の甘さがするわけではない。それどころか、愛が悲劇を生むこともあるし、愛のゆえに罪を犯すこともある。愛が栄冠になることもある。愛は多くを生みながらも、多くの痛みすら与えてくる。

そういう痛み、つらさ、せつなさをいくつも経験してぼくらはついに大人になる。人として成熟する。愛はぼくらを成熟した人間にする学校なのだ。

書簡1903

恋は悩み苦しむためにある

なぜ、恋なんてものがあるのか。

人を幸せな気持ちにしてくれるために恋はあるのか。いや、恋があることの意味は幸せなんかではない。

悩み、苦しみ、悶え、切ないとあえぎ、耐え続け、そうして自分がどれだけ強くなることができるかをはっきりと教えてくれるために、恋はあるのだ。


『ペーター・カーメンツィント』

恋の衝動を恐れるな

ぼくたちの体の中から生まれる衝動は決して下劣なものではない。また、人間として禁じられているものでもない。

だから、自分の魂が望むものを恐れてはならない。恋をしたいという衝動があるならば、それはきみの中の最上のものだ。人目を気にしておじけづいてはならない。それなのに我慢し続けるならば、やがて多くのものを失うだろう。

ただし、内からの衝動にいたずらに振り回されてはならない。しかし深い敬意と愛を持って衝動を丁寧にやさしく扱うならば、それは必ずきみの人生に深い意味をもたらしてくれるだろう。

『デーミアン』

古い恋は静かに暖かい

古い恋は、静かな熾火《おきび》のようだ。

激しい情熱の火花をもはや放つことなく、今はただそっと燃えている。

その暖かさが心にいくばくかの若さを与え、冬の晩には指先をほんの少し暖めてくれる。


『ペーター・カーメンツィント』

過ぎ去った恋は力を残してくれた

恋をした。その恋は過ぎ去った。

そして、恋は私に貴重なものを与えてくれた。それはひそやかな接吻のことではない。夕暮れの散歩のことでも、二人だけの秘密を持ったことでもない。

貴重なものとは、力だった。その人のためなら何でもしようという力だった。その人のために自分を投げ出すことができるほどの力。一瞬のために惜しみなく歳月も自分も犠牲にできる力だった。

恋は去ったが、その力はまだ自分の内にあるのだ。それがとても嬉しい。

「秋の徒歩旅行」

失恋が人間を大きくする

どういう事情であれ、失恋するというのはとてもつらいものです。無理な我慢をせずに思う存分泣きなさい。そして、これから数日、あるいは数週間、心にぽっかりと穴が開いたような気持ちのまま過ごすことになるでしょう。

しかしながら、その失恋の衝撃をどうか損失だとか敗北だと思わないでください。もちろん、相手や周囲の人々に怨みを抱いたりしてもいけません。そういうことはせずに、この破局の痛みをゆっくりと味わってください。

なぜならば、その痛みが強いほどにあなたは真剣な体験をしたのであり、そういう本物の体験こそあなたを育てることになるからです。むしろ、失恋してよかったのです。その体験はあなたを人間として、より大きく豊かにしてくれるのですから。

暴君と奴隷の関係は恋ではない

一人が残忍でわがままな暴君、もう一人が暴君におとなしくしたがう卑屈な奴隷。そんな関係は恋じゃない。

『ゲルトルート』

恋は幸せになるためにあるのではない

この恋はあたしを幸せにしてくれているかですって？　まさか。そんな言い方はちょっとおかしいわ。そもそも恋はあたしたちを幸せにするためにあるわけではないでしょう。恋は幸せとは関係ないもの。
恋をしているからこそ、自分がどこまで深く悩めるのかとか、どれだけ我慢強いかということを身に沁みて学べるのだと思うわ。

『ペーター・カーメンツィント』

VI

考えるのをやめてみよう

考えるのをやめてみよう

世界についてあれこれと考え、なんとか理解しようとしても決してうまくはいかない。わかったと思った瞬間、めくるめく謎に包まれてしまう。ところが、賢く考えようとせずに、自分から心を開いていれば、世界のほうから少しずつわたしたちの中に入ってくるようになる。

『クラインとヴァーグナー』

無心に世の中を観察してみよう

この時代に何か得するものを他人よりも早く見つけてやろうとか、自分も一枚加わって一儲けしてやろうなどと微塵も考えることなく、遠くから、ただ黙って無心に、しかし注意深くじっと世の中を観察してみれば、世の中はとにかくさまざまなものの勃興《ぼっこう》と顚末《てんまつ》を見せ、それぞれの場合に応じていろいろなことを教えてくれるものだということくらい知っておいたほうがいいだろう。

詩「夕雲」

真の喜び

昨夜ふった雨の雫を少し乗せて花が咲いている。少女たちが樹に梯子《はしご》を掛けてその花を摘んでいる。呼吸の病や熱に効くお茶をつくるためだ。花の香りが溢れている。陽光が射し、こぼれた影が揺れ、世界が喜びに充ちているかのようだ。

このような真の喜びはもちろんお金で買えるものではない。報酬として与えられているものでもない。どんな人にも無償で与えられるものだ。

大都会に住む人々は確かに金銭や物の数においては豊かだが、こういう真の喜びを知る機会においてはどれほど貧しいことか。

「菩提樹の花咲き」

旅人の特権

旅人は見知らぬ土地で匂やかな空気と食事を味わい、奇蹟のような風景に言葉を忘れ、人々の純朴さに胸を打たれ、夕暮れに感動し、深い感銘を引きずったままで旅立っていく。

ところが、その土地の人々は自分たちの環境や自然に慣れきっていて、旅人が抱いた感銘や感動もついぞ知らず、季節ごとに似たような毎日をたんたんといつものように過ごしていくばかりだ。

では、なぜ旅人たちだけがそれほどの感銘を受けるのか。それは、彼らが再びこの地に戻ることはないという今生の別れの心を持って、すべてのものを眺め愛するからなのだ。

「菩提樹の花咲き」

本当に価値のあるものはお金では買えない

お金で愛は買えない。しかし、楽しみは簡単に買うことができる。本物の価値とはみなそういうものだ。自分の時間と血を捧げ、痛みや犠牲を払わなければならない。

「内面の富」

男は女と関わって初めて現実を知ることができる

男は独りでいると、ほぼ夢見心地の状態になる。快い夢。悪夢。いずれにしても独りでいる限り夢はえんえんと続くだろう。

ところがその男が女と関わったとき、初めて現実というものが始まるのだ。

メモ1921

美しいものはすべてはかない

美しいものはすべてはかないものばかりだ。そして一抹の悲しみがまとわりついているし、そこはかとなく不安をも誘うものだ。
髪のきれいな少女たち。空を舞う鳥たち。蝶。雲の切れ目から洩れる夕方の陽光。

『クヌルプ』

美しいものを見ておけ

深い心の痛みどころか、自分のことさえ忘れてしまうような美しいものに出会っておきなさい。芸術でも自然でもかまわないから、一瞬でいいから美しいものを見ておきなさい。

この人生には必ず悲哀がある。悲惨もある。それらは驟雨《しゅうう》のようにやって来ては去りゆくだろう。しかし、きみが目にした美しきものはきみの中でずっとずっと続いて消えないのだから。

「美しきものの持続」

考えずに見れば美が見える

考えずに見る。すると、この世のどんなものでも美しい姿になる。
そういう見方こそ、愛の眼の見方だからだ。

「魂について」

どんなものにも美と真実がある

思慮がうんと深くなれば、あらゆるものに、どんな些細なものにさえも美と真実を発見できるようになる。

多くの人が見過ごしているありふれた事柄にも、真実と永遠の姿を見る眼を持つようになるのだ。たとえば、雨の雫。蝶の羽。蜘蛛の巣。流れる雲。そこかしこにあるすべての自然に。

メモ1909

美は神の姿

美はたんなる主観ではない。美は、人がつくったものでもない。
美は、神の姿の顕《あらわ》れ方の一つである。

「ある女性歌手宛ての投函されなかった手紙」

自然は文字だ

現代の機械文明の中で暮らすことに慣れてしまったわたしたちは、自然を遠くにひかえている書き割りや自動照明のように感じてしまってはいないだろうか。

実は、自然は多彩な象形文字なのだ。だから、自然の現象から多くのことを読みとることができる。また、だからこそ自然は今なお芸術の根源となっているのだ。

「蝶について」

雲は美しい

広大無辺でとらえどころもなく距離すらもまったくわからない虚ろな空間に、雲はさまざまな意匠《いしょう》の模様を与えてわたしたちを引きつける。

雲はその存在だけでわたしたちの顔を上げさせ、空と人とをやさしく結びつける。しかも、太陽や月や星々を仰ぎ見るときとまったくちがう気持ちをわたしたちに呼び起こしてやまない。

そんな雲はいつもはかなく形を変え続けるばかりだ。雲たちは永遠の美しさの実在をはっきりと見せつけながらも、わたしたちに一抹の哀愁をもたらすのだ。

「雲」

—

170

雲を愛する

この長い歳月の中での私の罪は、人よりも天空を彷徨《さすら》う雲を愛したことであった。

詩「私の人生は何だったのか」

すべては善と高貴を目指す

ある人が言う。人生は残酷だ、と。自然は残酷だ、歴史はむごいものだ、と。それは、たったいくつかの愛だけを経験して、「愛なんて苦いじゃないか。菓子パンの味とは全然ちがうじゃないか」と言うのと同じだ。

すべてのことには苦い部分もある。残酷な面もある。それでもなお、どんなものも終局的には善と高貴を目指しているのだということをよくわきまえておかなければならない。

書簡1903

本を読むための三つの心得

あらかじめ最良の書物があるわけではないし、誰か権威のある人が決めるものでもない。最良の書物は自分の好みで読みくらべて決めるものだ。そういう書物をいくつも読んで書棚に並べたとき、それがその人の全世界の中心になる。

では、本はどういうふうに読むべきか。少なくとも次の三つが必要だ。書物の内容に対しての敬意。理解するための根気。最後まで著者の言い分に耳を傾ける謙虚さだ。こうして初めて読書というものがなされる。

「読書と本の所有」

本は力を与えてくれる

どんな書物を読んだとしても、古今東西のあらゆる書物を一冊残らず読破したとしても、それゆえに幸福になるということはない。

けれども、自分が読んだ本は必ず自分に力を与えてくれる。

迷ったとき、いざというときに本来の自分に立ち戻れる力と、その力を育む栄養をひそやかに与えてくれているのだ。

詩「書物」

多く読むより深く読め

役に立つ知識や材料をとにかくたくさん集めようという意図を持って多くの雑多な本を読む人がいる。それはパーティで多くの人に会って挨拶をしながら名刺を集め、「たくさんの人と知り合いになった、友達になった」とほくそ笑むことと同じだ。

名刺交換をしたから友人になったとは言えないように、書物とのつきあいも人間の場合とまったく同じで、相手を畏敬しつつ深く知らなければならない。だから相手が書物であっても、本気で、自分の時間をたくさん使って、愛をこめてつきあう必要があるのだ。

「世界文学」

究極の読書術

本を読むということの最高度の段階にいたるとどうなるか。もっとも自由無碍《むげ》に本を読むようになるのだ。

もし彼が一篇の童話を読んだとしても、彼はその童話をあるときは深遠な哲学書として読む。またあるときは宇宙論として、また別のときには香り立つようなエロティックな文学として読むのだ。まるで幼い子が、ベッドを雪の山や岩の洞窟や広大な庭園に見立てていつまでも遊ぶように。

つまり彼はすべての連想を総動員して世界をまるごとそこに展開させるような読み方ができるわけである。

「読書について」

本は自分で選んで読め

読書にもビジネスと同じような効率や最大効果を狙って、評論家の推薦する図書や流行している本を読むならば、結果的にかえって非効率で効果は薄くなるだろう。

それよりも、自分の内なる心が欲しがるままに、あるいは自分の感性が察知するままに、気に入った本を選んでじっくりと読んだほうがずっとマシだ。そういう自然体の読書こそ本当に自分の教養として身につくものだからだ。

「書物とかかわること」

義務で読んだ本は身につかない

世界の名作と呼ばれるものがどんな人にとっても必ず感銘深い名作だとは限らない。ドストエフスキーの作品はくどくていやだという人もいる。シェイクスピアの作品を熱愛する人も嫌悪する人もいる。

そういう自分の気持ちや感性で世界文学を勝手に好き嫌いしてもいいのだ。それが世界文学を通じて自分自身を知るということでもあるからだ。そうではなく、ただ義務のようにあれもこれも読むならば、結局は愛することを学べなくなってしまう。

したがって、無理、我慢、強制、義務、見栄、利得などで本を読むならば、かえって何も読まないほうが心身にとって健康というものだ。

「世界文学」

老人よ、もっとほほ笑め

老人たちよ、非難や文句はもう棄て去りなさい。代わりに、もっとほほ笑みなさい。たあいのない冗談を言いなさい。いつも機嫌よくしていなさい。

しかめっ面で深刻に考えることなどやめなさい。絵を鑑賞するかのように世界を眺めなさい。そして、もう一度ほほ笑みなさい。

詩「夕雲」

老人よ、若者に場所をゆずれ

老いた人よ。いさぎよく埋葬されなさい。
力がなくとも杖を使って立ちあがり、おまえが今までずっと座っていた
席をこころよく若者にゆずりなさい。
そして微塵《みじん》たりとも怖れることなく粛々と瞼《まぶた》を閉じなさい。

詩「春の言葉」

考えるのをやめてみよう

180

死に備える

私が庭で枯葉や小枝を燃やして焚火《たきび》をしていると、八十歳ほどの老女が通りかかって挨拶をし、笑みを浮かべながら言った。

「焚火ね。すてきだわ。ええ、焚火はとってもいいものですわ。だって、わたしたちくらいの歳になったら、少しずつでも地獄の業火《ごうか》に慣れておかなければならないのですもの」

「老齢について」

最も正しい宗教など存在しない

最も正しくて真理に充ちた唯一の宗教といったものは古今東西どこにもない、と私は考えている。

各地にいろんな宗教があるのではなく、ヴェーダが必要だった時代もあり、仏教が必要だった時代もあり、キリスト教が必要だった時代もあっただけではないだろうか。その時代の人々に何が必要だったか、禁欲だったのか、愛だったのか、平等だったのか、ということだ。

わたしたちの生活も同じようなものだ。休息が必要なときもあるし、心の深くに沈潜する必要にせまられるときも、働いたり遊んだりする必要があるときもいろいろなのだから。

書簡1921

愛国心には気をつけろ

世間でほめそやされるような徳には十分に気をつけたほうがいい。たとえば、その一つが愛国心だ。

戦場で敵を多く殺した兵士が英雄とみなされる。彼らは勲章をもらい恩給をもらい、真の愛国者だと呼ばれる。

一方、戦地に行って人を殺すことなく、汗水流して土地を耕し作物を植え、家族とともに細々と日々を暮らす農民は愛国者とは呼ばれないのだから。

「わがまま」

革命も戦争も中身は同じ

革命と戦争はまったく別なようでいて、まったく同じことだ。
どちらも、前とは別の手段による政治の継続でしかないからだ。

「わがまま」

あなたも人を殺していないか？

たくさんの殺人が横行しています。

たとえば、才能を持った若者を彼らに適していない職業に就かせるのも人殺しです。また、面倒だからといって見て見ぬふりをすることも殺人の片棒をかつぐことです。おかしな法律や制度がまかり通ることを傍観するのも人殺しと同じです。

自分の生活を守るための冷酷さ、蔑視や無関心も結局は誰かの可能性を殺しているのです。不安な若い人に対してつれない態度や疑い深い態度を示すこともまた、若い人の将来をひねり殺しにしていることなのです。


「殺すべからず」

改善しようなんて傲慢だ

この世界を改善しようなどとバカげたことを言わないでくれ。世界は政治家やあんたたちの遊び道具ではないし、そもそも今の世界がよいだの悪いだのといった判断自体がとてつもなく傲慢なことじゃないか。子供や若者たちについても同じだ。彼らをもっとよくしようと考えるバカ者どもがたくさんいる。その場合のよいとか悪いとかはいったい何だ。世間の枠組みにはめて強引に押さえつけることが本当によいことなのかい。若者たちが世間からはみ出して新しい生き方をすることがそれほど悪いことなのかい。改善だの改良だのを大声で訴えるバカどもめが。

「ツァラトゥストラの再来」

社会性がそんなにたいせつか

社会性といったものがそれほどたいせつなのでしょうか。個人よりも共同体のほうが重要なのでしょうか。個人的義務よりも社会的義務のほうが、ずっと高邁だとでも言うのでしょうか。

宗教の役割が減ってしまったこんにち、なんだか社会性や共同体という概念や言葉が、あまりにも宗教的で崇高なものになってしまってはいませんでしょうか。

書簡1932

世界は君を反映している

きみの正直な思いをぜひとも聞きたい。きみは今、そして心の底から、この世界を美しく豊かだと思っているだろうか。

もしそう思っているのならば、きみは存分にきみ自身を生きている。そして、そのことだけで世界をさらに豊かにし、幸福にしている。

もし世界を醜く不潔で不正と虚偽が横行しているときみが思うのならば、きみ自身がちっぽけな利己心に満ち、嘘にまみれ、臆病で、少しでも多くの金が欲しいと思っている。なぜならば、そういう人々こそが世界を改良しようと真顔で言い出すのが昔からいつものことだからだ。

「ツァラトゥストラの再来」

くだらないことは笑い飛ばせ

世の中には腹が立つことがたくさんあるさ。醜悪さもおびただしい。あまりにもくだらないこと、下劣なこともいっぱいだ。だからといって、それらを責めたり、軽蔑したり、そのせいで自分がいちいち不快になってどうしよう。

そういったことも確かにこの世の一部なのだと認めよう。決してあってはならないことではないのだ。流れの中には濁った部分もある。だから、そんなことにかかずらうことなく、いっそのこと笑い飛ばしてしまいなさい。

「俗人への手紙」

何にとっても時間と静寂は欠かせない

あらゆる繁栄、平和、成長、美しさの現れに必要なものは時間だ。時間の他にも必ず欠かせないものがある。それは、静寂だ。

日記1921

VII

いつでもどこでも幸福になれる

いつでもどこでも幸福になれる

きみは幸福かね。

持っているものが少ないから不幸だと言うのかね。失ったものが多すぎるから不幸だと言い張るのかね。環境が悪いせいだと言うのかね。

その考え方自体がまちがっている。どこにいても、きみがどうあろうとも、きみは幸福になれる。

というのも、幸福は物の質、条件や環境ではなく、きみ自身がどうあるかだけで、きみがどう感じるかだけで決まるからだ。

書簡1901

191

幸せになれるのはたくさん愛せる人だ

社会通念のモラルを守り、善と呼ばれていることを行い、できるかぎり行儀よく生きたとしても、幸せにはなれない。

また、お金とか土地とか大きな屋敷とか美しい名画とか、そういった何かをたくさん所有したとしても幸せにはなれない。

では、どんな人が幸せになれるのか。

それは、愛し、賛美できる人だ。たくさん持つのではなく、たくさん愛することができる人だけが真の幸福に到達できるのだ。

「マァルティンの日記から」

192

幸福は魂でしか感じられない

物事をあれやこれやと判断する基準、さまざまな知識、さまざまな思惑やたくらみ。

こういったものがきみの魂の中にあるかどうか考えてみてほしい。そういう濁ったものは魂の中にはまったくないはずだ。

きみの魂の中にあるのは、素直で透明な衝動、そのままの感情、そして未来へ向けられた眼差しだけじゃないか。

そして、幸福を感じるとき、きみはどこで感じるのか。魂で感じるじゃないか。いや、魂でしか幸福を感じないじゃないか。

「魂について」

幸福とは時間に支配されていないこと

幸福だったときを思い起こせば、自然と自分の幼年時代が浮かびあがってくる。

しかし、どうして幼年時代なのか。

幸福を感じるためには、時間にまったく支配されていないこと、そして恐れや望みにも支配されていないことがどうしても必要となるからだ。それらの条件を満たしていたのがわたしたちの幼年時代だったのである。

詩「幸福」

194

幸福を願っている間は幸福になれない

自分が幸福かどうか問いかけている間はまだ幸福になれない。好むもの欲しいものすべてを手に入れたとしてもまだまだ幸福にはなれない。失ったものを惜しんだり思い出したりしているうちはだめだ。欲しがっているものがあるうちは、幸福の安らぎには到達できない。

おまえの願いがすべて揮発し、幸福という言葉すら気にならなくなったとき、物事が起こるままに起こり、それがまったく自然の道理に見えてくる。

そのときになって初めて、おまえの魂は幸福の限りない安寧にまどろむだろう。

詩「幸福」

魂が求める道を歩め

人もうらやむ成功をおさめてもまだむなしく、つゆたりとも幸福を感じられないのは、きみが自分の魂の求めている道を歩んでこなかったからだ。

本当に自分が幸福かどうかを決めるのは、きみの頭ではなく、きみ自身の魂なのだから。

「魂について」

幸福とは自分の手で得るものだ

他人から多くの財産を無償で与えられた人は幸せ者と人々から呼ばれるかもしれない。しかし、その人は幸福など感じていないだろう。なぜならば、自分の手によって得られるものだけが自分に幸福感をもたらすものだからだ。

同じように、若い恋人同士がどんなにつらい目に遭っていても、彼らは不幸ではないし、彼ら自身はその状況を少しも悲劇だとは感じていないものだ。

『ペーター・カーメンツィント』

参考文献

ヘルマン・ヘッセ『郷愁』高橋健二訳　新潮文庫
ヘルマン・ヘッセ『幸福論』高橋健二訳　新潮文庫
ヘルマン・ヘッセ『乾草の月』高橋健二訳　人文書院
ヘルマン・ヘッセ『ガラス玉演戯』高橋健二訳　復刊ドットコム
ヘルマン・ヘッセ『ヘッセ詩集』高橋健二訳　新潮文庫
ヘルマン・ヘッセ『老年の価値』岡田朝雄訳　朝日出版社
ヘルマン・ヘッセ『愛することができる人は幸せだ』岡田朝雄訳　草思社
ヘルマン・ヘッセ『ヘッセの読書術』岡田朝雄訳　草思社文庫
ヘルマン・ヘッセ『雲』倉田勇治訳　朝日出版社
『ヘルマン・ヘッセ全集』日本ヘルマン・ヘッセ友の会・研究会編・訳　臨川書店
『ヘルマン・ヘッセ　エッセイ全集』日本ヘルマン・ヘッセ友の会・研究会編・訳　臨川書店
『筑摩世界文學大系62　ヘッセ』登張正実他訳　筑摩書房
『ヘッセの言葉』前田敬作・岩橋保訳編　彌生書房
Hermann Hesse　Peter Camenzind　Suhrkamp
Hermann Hesse　Demian　Suhrkamp
Hermann Hesse　Wolken　insel taschenbuch
Hermann Hesse　Briefe an Freunde　insel taschenbuch
Hermann Hesse　Wer lieben kann, ist glücklich　insel taschenbuch
Hermann Hesse　Verliebt in die verrüeckte Welt　insel taschenbuch
Hermann Hesse　Die Antwort bist du selbst　insel taschenbuch
Hermann Hesse　Narziß und Goldmund　Suhrkamp
Hermann Hesse　Stufen des Lebens　Insel
Hermann Hesse　Kurzgefasster Lebenslauf　Asahi Verlag
Hermann Hesse　Krisis　Suhrkamp
Hermann Hesse　Siddhartha　BANTAM BOOKS
Hermann Hesse　Ausgewäehlte Briefe　Suhrkamp

ヘッセ　人生の言葉　エッセンシャル版

発行日　2016年10月15日　第1刷
2025年2月20日　第6刷

Author　白取春彦

Book Designer　カバー　廣田敬一（ニュートラルデザイン）
本文　山田知子（chichols）

Publication　株式会社ディスカヴァー・トゥエンティワン
〒102-0093 東京都千代田区平河町2-16-1
平河町森タワー11F
TEL 03-3237-8321（代表）
FAX 03-3237-8323
https://d21.co.jp/

Publisher　谷口奈緒美
Editor　藤田浩芳

Proofreader + DTP　朝日メディアインターナショナル株式会社
Printing　日経印刷株式会社